名著名译经典珍藏版

福乐智慧

尤素甫·哈斯·哈吉甫◎著
耿世民 魏萃一◎译

華文出版社
SINO-CULTURE PRESS

Kutadɣu Bilig

Yusuf Khāss Hājib

导　言

《福乐智慧》(Kutadɣu Bilig)（下面简称《福》书）为黑汗王朝时期，用古代维吾尔语写成的一部古典文学名著，全诗共82篇，长达一万多行，为巴拉萨衮人尤素甫(Yusuf）写成于回历462年(公元1069—1070年)，献给当时喀什统治者布格拉汗阿勒·哈三·本·苏来曼(Burahan Al-Hasan b. Sulayman)。

关于《福》书产生的时代背景，请参见我在《古代维吾尔诗歌选》一书中所写的导言，这里就不再赘述了。

关于作者生平情况，除《福》书本身外，别无其他史料可参考。我们从书中下列诗句知道，作者尤素甫，出生在虎思斡耳朵(即巴拉萨衮)城,后迁居喀什,并在那里完成其作品。当他把它献给黑汗王时,得到“哈斯·哈吉甫”(Khāss Hājib）的称号。

他出生在虎思斡耳朵，
家庭是名门世家。

为了完成此书的写作，

他曾离开自己的故乡。

他在喀什噶尔，
终于写完了自己的著作。

他把此书在国君面前朗诵，
得到桃花石布格拉汗的赞扬。

布格拉汗对他十分尊重，
以优厚的赏赐酬劳他的聪明。

赐给他哈斯·哈吉甫的称号，
封他为自己的近侍臣。

他因自己的诗作受到尊敬，
为此人们称他为尤素甫·哈斯·哈吉甫。

此外，我们从书中知道尤素甫是在年事已高时写成此书的，如他在书中这样写道：

五十岁曾向我招手，
我像乌鸦般的头变成天鹅一样。

我的脚上虽无脚镣却已走不动，
我的目光变暗已模糊不清。

欢乐已消失，心头之火已熄灭，
青春之名早已离我远去。

再有，他对书名做了如下解释：

我给此书定名为《福乐智慧》，
愿读它的人会得到幸福和教益。

我将语言编织成诗篇，
愿伸手抓住两个世界。

《福》书的中心内容正如书名所表示的那样，是教导人们如何得到“幸福的智慧”。下面我们扼要介绍其内容：

书前有两篇应为后人所加的序言，一为散文体，一为韵文体。

长诗正文开始为对真主、先知及其四同伴的一般赞词，之后为对布格拉汗的颂词（Kasida），它以描写春天开始。接着几章谈到七行星及黄道带十二星座，人类的尊严、语言的有益与无益，以及善行、知识和智慧、本书的意义，人的衰老。之后为向真主致谢，并乞求宽恕。

长诗的主要部分情节简单，采取对话的形式：

国王日出（Kun toɣdï）需要一大臣，月圆（Ay toldï）慕名来谒见。月圆以其高尚的品德得到国王的信任。之后月圆病重死去。临死时，月圆后悔自己虚度一生，并给其子贤明（Qgdülmix）留下遗言和一封向日出推荐其子的书信。

国王又让贤明承袭父位，对他十分信任。一天，国王要给新的大臣找一名助手。有一很适合此职之人，名叫觉醒（Odɣurmyx），他是贤明的族人。但此人已遁世隐居于山林，进行苦修。虽经国王及贤明再三邀请，终不能使其放弃苦修生活。

时光流逝，贤明因碌碌无为而感到不安，因而产生了厌世念头。贤明去和觉醒商量。后者让他打消这种想法,并劝他要努力造福人类。之后，觉醒染病，让大臣贤明来看他，对他说他夜里做了一梦，梦见他把站在五十层阶梯的骑士递给他的一杯水一饮而尽，并从那里升到了天上。贤明解释说这是长寿象征。隐士觉醒不信,认为这是他将不久于人世的征兆。不久，隐士死去，留下一手杖给国王，一钵给贤明作为纪念。

长诗最后表达了对世风日益败坏的不满，哀叹青春的逝去以及对亲友错待他的不平。这些虽与整个长诗内容不协调，但研究者一般认为应出自尤素甫本人笔下。

《福》书是用较纯的突厥语写成，阿拉伯、波斯语词不超过一百个。书中许多表示科学的术语（如各种星名）及抽象名词都用突厥语表示（如回鹘文献一样）。不能排除该书是先用回鹘文写成的可能性（虽然现存写本中两个用阿拉伯字母写成，一个用回鹘文写成的也应源于阿拉伯字母写本）。这种可能性也为马·喀什噶里说所有突厥人都使用回鹘文以及 20 世纪初莎车出土的用回鹘文写成的（也有几个用阿拉伯字母）文书所证明。但也有有利于原写本用阿拉伯字母写成的论据，即在一首诗中（阿拉特本第 1953 首诗）引用了阿拉伯字母 lām。

《福》书在当时和以后一个相当长的时期内似对近邻地区的伊斯兰突厥文学产生过一定的影响。证明这点的，为 1909 年在伏尔加河下游萨莱奇克（Sarayqïk，金帐汗国的首府）地方发现的陶罐，上面刻有似录自《福》书中的诗句。

长诗的格律为来自阿拉伯、波斯文学的所谓“阿鲁孜 aruz”格律[①]。为“木塔卡里卜 mutakarib”格式（V−−/V−−/V−−/V−，即一短两长、

① 阿鲁孜格律诗的原理与汉族的以平仄组合、变换为基础的律诗有很多相似之处。不同处是汉族律诗中的平仄以声调为基础，而阿鲁孜则以长短音节为基础。

一短两长、一短两长、一短一长音节），每个双行诗都押同样脚韵，也即为“玛斯纳维 məsnəvi”的形式。在格律和形式上《福》书同于早十几年写成的波斯著名诗人菲尔多西的《王书》。《福》书是把阿拉伯、波斯文学阿鲁孜格律首次用于突厥语的尝试。由于突厥语中元音不分长短，就不得不把阿鲁孜格律变通使用，即把突厥语中的开音节算短音节（但有一些例外），而把其他音节算长音节。脚韵也适应阿拉伯、波斯文学的用法（只限于附加字的情况已较少见）。长诗中的一些四行诗，虽是突厥诗歌中传统诗段单位，但其格律为波斯诗中“鲁拜依”（rubā'i）的 aaba 格式。

《福》书虽已受到阿拉伯、波斯文学及文化的影响，但仍可看到突厥传统的表现。如书中提到了突厥传统英雄通哈·阿勒普艾尔（Tonga Alpər）的名字。此外，书中常引用突厥的格言、谚语以及属于草原贵族人士的名言（如伊犁河地区贵人的名言）。如进一步深入研究，一定可以在诗人的政治、社会概念中发现其他突厥传统的反映。

我们知道，论述哲学论理的文学作品一般容易使人感到枯燥，《福》书在某些方面也避免不了这种缺点。但长诗中也有一些绚丽生动的诗句，在艺术技巧上达到了很高的水平。

如《福》书第四篇关于春天的描写，以其生动的现实主义反映出了描写大自然的古代突厥诗歌的特点，勾画出一幅美丽的田园风光图：

积雪消融，大地充满馨香，
脱去冬衣世界又穿上新装。

春天的和风赶走了严冬，
明媚的春天又调好了幸福之弦。

枯树又穿上了绿装，

打扮得五彩缤纷。

草原、山丘和谷地蜿蜒伸展，
到处鲜花盛开。

大雁、野鸭、天鹅和克勒鸟布满天空，
它们上下飞翔鸣叫。

你看，一些飞起又落下！
你看，一些在游泳，一些在喝水！

灰色大雁的叫声在空中回响，
像长长的驼队走动一样。

山鸡鸣叫，呼唤其伴侣，
好像年轻姑娘召唤心爱的人。

鹧鸪在高声欢笑，
红嘴如血，眉如漆。

《福》书无疑在艺术语言上也受到波斯文学，特别是菲尔多西诗作的影响，这一特点表现在下面的诗句中：

雷（云）鸣如擂击军鼓，
闪电如挥舞可汗利剑。

一把剑出鞘要征服世界，
另一把剑誉满四方。

太阳用乌纱遮住面孔，
世界充满黑色的灰尘。

希腊姑娘（指落日）解开发辫，
她黑头发的颜色布满世界。

整个天空变成黑人的面孔，
飞鸟休息，行人停止了旅程。

另外尚见有把黑暗比作寡妇的衣服、魔鬼的面孔；把阳光比作绚丽的珍珠、天鹅的羽毛，以及"宇宙以天使的面孔微笑"，"好像首次揭开面纱的新娘"等波斯文学常用的形象手段。

《福》书的文学结构是对话和形象比喻。叙述部分居于第二位，这一点使长诗具有诗剧的特点。人物也以比喻形式出现。

不同人物作者赋予不同的象征价值。国王日出代表法制（tərü），大臣月圆代表幸福（Kut），其子贤明代表智慧（ukux），觉醒代表后世（Ïakibat）[1]（参考阿拉特本，第353—357行）作品采取对话或比喻形式在伊斯兰文学中以前已有过，但把两者结合在长篇诗作中似为尤素甫的独创。

《福》书反映了整整一个时代的意识形态（当然多限于统治阶级），反映了不久前接受伊斯兰教的突厥黑汗王朝对待各个阶级阶层的态度和穆斯林的修身处世之道。书中涉及的主要哲学问题显然受伊斯兰教的影响。作者尤素甫提出了一个信仰和善行之间关系的对立命题。这两种观

① 有的抄本为Kanalat"知足"，应以"后世"为是。

念的协调（如其他宗教一样，这一点也为伊斯兰教所要求，参看《古兰经》第 21、28、72、77 等节）在伊斯兰教中从一开始就引起过争论。一派满足于简单的信仰，另一派则主张同时要行善行。之后，争论变成在人间行善或完全否定此世生活的价值而献身于遁世奉神。持后一观点的为伊斯兰教中的苏非派(Sufiszm)（这派在黑汗王朝突厥人中有大批信徒)，主张苦行。这两种对立的观点在长诗中是以诗剧方式表现的。一种观点以隐士苦行者觉醒为代表，另一种观点以大臣贤明为代表。尤素甫本人对这两派的观点不明确，似乎在两个人物（大臣及苦行者）中都可看到他的影子。

尤素甫的哲学思想还表现在他对道德的看法和关于哲学、医学、天文学、军事学、圆梦等多方面的议论中。

下面是尤素甫在这方面的主要观点：

他认为人有身体和灵魂（精神)，后者也就是心。一个人失去心就像无着的颜色。心中栖息记忆和意志。智慧是天生的，它像一个柔弱的青年人，缺少它只不过是一把泥土，一棵不结果的树。通过智慧，人们才能获得知识。知识则是精神的食粮。知识表现在语言上，正像藏起的麝香为其芬芳香味所泄漏一样。由于语言，平凡的人能登上荣誉的宝座。但语言也可能是火，或是躺在门前的狮子，它会吞掉任何进入房中的人。所以语言要时刻拴以绳子，否则它会脱出惹祸。

人生于世要掌握各种技艺，勇敢的狮子将制服小马。要学的东西中，最重要的是数学和文字，后者是科学和过去的历史记录。

他还认为，人的首要品德是行善行，要努力对别人有用，不计报偿。正直的人心口如一，肝胆照人。慷慨使人永垂。后者不在于捐施，而在于献身为他人谋利益。战士要勇敢。对一个战士来说，战争中的乐趣有如新婚之乐趣。此外他教导做人要诚实、宽容、克制、谦逊、和蔼、谨慎。这些我们认为是《福》书中应予肯定的方面。

尤素甫认为国王在一国中居于首位，他像灌溉花园的水，能使人民像花一样百花怒放；但他也像幸福一样，变化无常。他是头傲慢的狮子，当他受到爱抚时，变得柔如丝。但当他震怒时，则将撕裂你的身体。好的国王如同医生，是穷苦人的慰藉。他惩办盗贼，执法严明，保证币值，传播伊斯兰教。治理国家要把剑与笔结合起来，用笔制定出公正法律，用剑来征服新的土地，等等。

他还认为一个好的侍臣不应要阴谋损害别人，而要与人为善、正直、慷慨。国家官员要有好的品质，宰相要识字会算。武将要狡如红狐，勇猛如公驼，敏锐如崖上的秃鹫。使节应会作诗、狩猎、下棋，要懂星相学、解梦术、算术、几何，并要能说外国语。

作者认为，在社会上贵族（er-at）与普通人民（Kara）是有区别的。对后者，尤素甫出于其阶级意识是瞧不起的：

他们只求吃饱肚子，
此外再不关心别的。

同时作者认为要对他们小心，否则国王的脑袋像悬在线上的草芥。对他们既要和蔼、慷慨，但又要与之保持距离，这种错误观点显然是受其出身和时代所限。

《福》书中尚有关于社会其他阶层的论述，如对商人、学者、牧民、农夫等。

此外，还有关于如何选择伴侣和教育子女的教导。

总之，我们认为《福》书不仅是黑汗王朝时期的一部重要文学作品，而且在某些方面可以说是研究黑汗王朝社会及其精神文化倾向方面的一部百科全书。

* * *

《福》书现有三个抄本传世：维也纳抄本是回历 843 年（公元 1439 年）在今阿富汗赫拉特城用回鹘文字母抄写的，现存奥地利维也纳国立图书馆；费尔干抄本（又称纳曼干抄本）是用阿拉伯文字母（纳斯赫体）抄成（为最古抄本，约属 12 世纪末和 13 世纪上半期），1914 年发现于苏联乌兹别克斯坦纳曼干城，现存乌兹别克斯坦科学院东方学研究所；开罗抄本也用阿拉伯文字母（苏鲁斯体）抄成（不晚于 14 世纪上半期），于 19 世纪末在埃及开罗发现，现存埃及开罗开地温图书馆。

19 世纪以来，许多东方学家、突厥学家对这部长诗进行了翻译和研究。1870 年匈牙利突厥学家万别里（H. Vambery）根据维也纳回鹘文抄本首次发表了该诗 915 句双行诗的拉丁字母转写本和德文译文。1890 年俄国突厥学家拉德洛夫（W. W. Radloff）影印刊布了维也纳抄本。1891 年他又用满文字母代替回鹘文字母排印出版了维也纳抄本。1901—1910 年拉氏参照开罗抄本发表了全诗的斯拉夫字母转写本和德文译文。1942—1943 年土耳其的土耳其语协会把三个抄本影印出版，第一卷为维也纳抄本，第二卷为纳曼干抄本，第三卷为开罗抄本。1947 年在土耳其出版了阿拉特（拉希特·拉赫买提）的拉丁字母校勘本，1959 年出版了同氏的土耳其语译文，1974 年出版了该书的字典。

我们的汉译文主要根据阿拉特氏的校勘本翻译成书（因目前国内见不到该书的土耳其文译文和字典，所以无法参考），并有所删节。由于时间关系，其中个别几篇尚未来得及译出，所以不是全译本。

由于水平和时间所限，译文中定有不妥甚至错误之处，希望同志们予以批评指正。

耿世民

1979 年 4 月于北京

بسم الله الرحمن الرحيم

纳曼干抄本（正文第一篇）

维也纳抄本(正文第三、四篇)

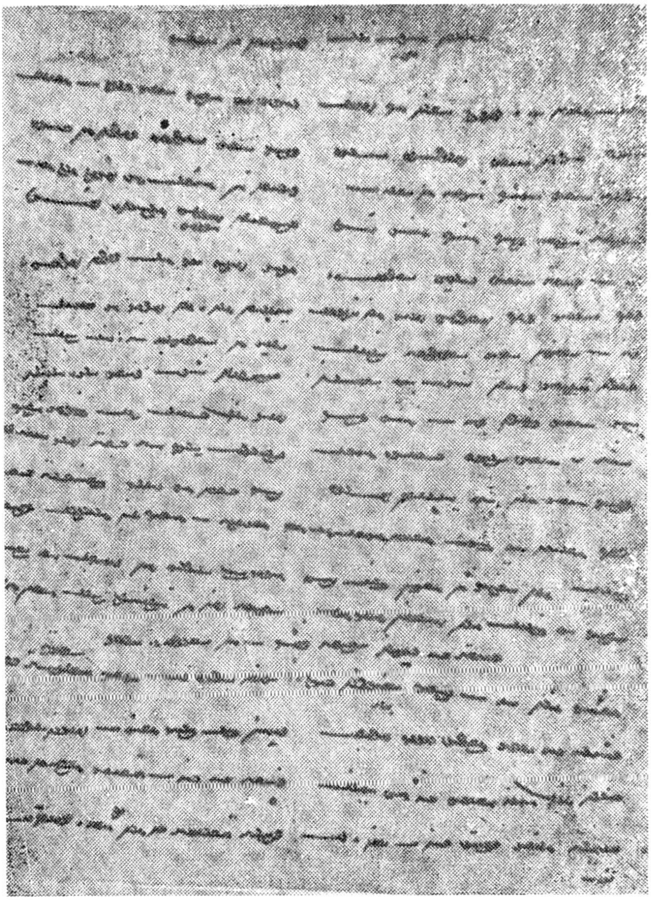

开罗抄本（正文第三篇末尾和第四篇开头）

尤素甫·哈斯·哈吉甫陵墓

散文体序言

赞颂尊贵的伟大的真主，他是万能之主，他创造天地，他养育了一切万物。他创造了他愿有的一切，他将创造他愿有的一切。再赞颂真主的使者——先知穆罕默德·穆斯塔法及其四位同伴[①]。此书十分珍贵，它以秦国[②]贤者的箴言写成，以马秦国[③]智者的诗歌装饰而成。读此书并把其中诗歌读给人，听者将因此书而受人尊敬。秦国和马秦国的学者和智者都同意这一点：在东方，在整个突厥斯坦（以前）未曾有人用布格拉汗[④]的语言，用突厥人的语言创作出比此书更好的作品。此书在各国因其十分有用而有不同名称。秦人称其为《君王之宝鉴》，马秦人称具为《国家之眼睛》，东方人称其为《统治者的装饰》，伊朗人称其为《突厥[⑤]王书》，一些人称其为《劝王书》，土兰人[⑥]称其为《福乐智慧》。此书作者为虔诚

---

① 指艾布·伯克尔、欧麦尔、奥斯曼和阿里四人。

② 指中国。

③ 此处似指黑汗王朝。一说指南宋。

④ 布格拉汗意为“公驼汗”，指黑汗王朝居第二位的副汗，其驻地常在喀什。大汗称阿尔斯兰汗（“狮子汗”之意），驻首府巴拉萨衮。

⑤ 据后面诗体序言，此处“突厥”二字似为衍字。

⑥ 即突厥人。为古代波斯文学作品中对突厥的称呼。

的巴拉萨衮人[①]。此书写于喀什噶尔并献给东方的君主——桃花石[②]（中国）布格拉汗[③]。布格拉汗为此赐给他哈斯·哈吉甫[④]（侍从官）的职位。为此作者以尤素甫·哈斯·哈吉甫之名著称于世。

此书以四种珍贵的东西做基础组成：一为公正，二为幸福，三为智慧，四为知足，并给它们各起一个突厥语的名字。公正名叫“昆土格底伊利克”（日出国王），他是国王；幸福名叫“阿衣托勒底”（月圆），他为大臣；智慧名叫“奥格都勒米失”（贤明），他为大臣之子；知足名叫“乌都古尔米失”（觉醒），他为大臣的兄弟。他们之间以对话形式互相交谈。愿读者明鉴，愿在祈祷中为作者祝福。

① 为初期黑汗王朝的首府。唐代汉文史籍称裴罗将军城。其遗址在今吉尔吉斯斯坦阿克白西木（Akbexim）。以前考证为托克马克，误。

② 原文作tawɣaq。该词在古代突厥文碑铭中原指中国。黑汗王朝由于仰慕中原文化，在称号中常使用此名。此处依汉文史籍暂译作“桃花石”。

③ 指布格拉汗阿勒·哈三（哈隆）·本·苏来曼（回历467—496年，公元1074—1102、1103年在位）。

④ 意为“近侍臣”或“顾问官”。

诗体序言

真主是唯一的，他位于一切之首，
万千赞颂只适合于他。

伟大之主是真主，他光辉无边，
他是造物主，无所不能。

他是天空、大地、黎民之主，
他给你准备了美味的食物。

他供给大家以食品，
他让大家吃饱，唯独自己不吃。

他从不让人们挨饿，
他让一切众生吃饱喝足。

他要什么就有什么，

他让愿意的人成为伟人。

让我们向特选的先知致敬，
再让我们向他的四同伴致敬。

先知穆罕默德是黎民之首，
他是一切万物的眼眉。

此书十分珍贵，
对求知者是知识的海洋。

它用珍贵的知识装饰，
读过它的人都会满意地道谢。

书中到处闪耀智慧的语言，
有如一串串珍珠发出光辉。

东方之王是马秦皇帝，
他是世界最有智慧的人。

他十分看重此书，
将它珍藏在国库之中。

作为国宝一代传一代，
珍视永不给别人。

此书给人的益处很多，
但许多突厥人不知其意义。

听到此书的人知道其价值，
读过和抄过它的人永不忘记。

马秦的学者和所有人，
都对此书赞不绝口。

在东方之国，在突厥和秦人那里，
也见不到比这更好的书。

只有智者才知此书的价值，
对无知者你能期望什么？

如不是你信得过的友人，
你不要把此书轻易示人。

此书是在布格拉汗时代写成，
是用汗的语言作成。

以前谁写过这样的书？
以后又有谁将写这样的书？

谁若写成这样的书，
我将把他来赞颂。

在不同的国家，不同的地方，
此类书有不同的名字。

秦人称之为《君王之宝鉴》，
马秦人称之为《国家之眼睛》。

在东方之国此书的名字，
被官员称为《统治者的装饰》。

伊朗人称之为《王书》，
土兰人称之为《福乐智慧》。

此书十分伟大，
愿真主保佑他善良的奴仆（作者）。

人们都已接受此书，
认为它是用突厥语写成的奇书。

此书对一切人都适用，
特别对国君治理国家。

谁若想保持国家，
谁就要听智者的话。

国君治理国家的措施，
都要建立在此书的基础上。

你看，写此书的人，
是位才华出众之士。

他有学者的品质，
是位见多识广的人。

他出生在虎思斡耳朵[1]，
家庭是名门世家。

为了完成此书的写作，
他曾离开自己的故乡。

他在喀什噶尔，
终于写完了自己的著作。

他把此书在国君面前朗诵，
得到桃花石布格拉汗的赞扬。

布格拉汗对他十分尊重，
以优厚的赏赐酬劳他的聪明。

赐给他哈斯·哈吉甫的称号，
封他为自己的近侍臣。

他因自己的诗作受到尊敬，

① 即巴拉萨衮城。

为此人们称他为尤素甫·哈斯·哈吉甫。

讲到此书的内容，
它由四种珍贵的东西组成。

第一是公正，
第二是幸福。

第三是智慧，
第四是知足。

公正的名字叫日出，
他以国王的身份登位。

幸福的名字叫月圆，
他执行大臣的职责。

智慧的名字叫贤明，
他是大臣的儿子。

知足的名字叫觉醒，
他也是大臣的亲人。

本书的精华为这四种品德，
它们贯串此书的从头到尾。

阿拉伯语塔吉克语中此类书很多，
用我们的语言写成的则只有这一部。

我用突厥语为你们写成了这部诗作，
愿你读它时不要忘记为我祝福。

目录

补　篇

第一篇　对真主的赞颂

我以真主的名义写出我的语言，
是我主创造了一切，养育了一切。

千歌万颂属于你，
只有唯一的真主永世长存。

你创造了大地、天空和日月，
又创造了万物、过去和现在。

你创造了这存在的一切，
只因你的意志才有这一切。

所有众生都生来受苦，
只有你没有痛苦无人能比。

啊，万能的永无痛苦的造物主，
此名除你外对谁也不适用。

伟大和光荣属于你，
除你外无人能与你匹敌。

啊，他人不能与你相等，
你在所有人之前无始无终。

你的唯一不能历数，
你的神力及于一切。

无疑只有你是永恒之父，
你的边际无法计数。

啊，你内外是智慧，是永恒的真理，
你远在我的眼外，近在我的心里。

你的存在明如日月众所周知，
但没有人能知道你的心智。

你的唯一不是由什么组成，
但一切万物由你创成。

你创造了一切万物，
万物消失，只有你万世永恒。

你创造的万物是你创造力的证明，
在两世里可以互相做证。

没有能与你相比拟的东西，
人们的智力怎能弄明。

你一动不动时刻觉醒，
你无色又无形。

你无前无后，无左无右，
无下无上也无中。

你创造了空间，但不在空间，
没有你不在的地方，一切都属于你。

啊，你近于秘密，比心高，
所有画像对你都是证明。

你创造了万千生命，
又创造了平原、高山和湖海。

你用众星装饰了蓝天，
你又用太阳照亮了黑夜。

所有飞鸟、走兽和人类，
都因你而获得了生命。

上从云霄下至大地，
一切都为你操劳，啊我主！

不必问他在哪里，
他哪里也不在，他又无所不在。

啊，无痛苦的主，请你怜恤你的奴仆，
原谅他们的一切过错。

你是我的希望，我只向你膜拜，
当我遇到不幸时愿得到你的救助。

愿你通过先知给以帮助，
愿他在审判之日伸出援救之手。

我向他的四位同伴致敬！
愿他们也不断给以帮助。

在伟大日子里愿你显示出他们的面貌，
愿从他们的言行中得到教益。

啊，真主，我无法恰当地赞颂你，
在你的面前我的言辞十分无力。

第二篇　对先知的赞颂

仁慈的真主派下了敬爱的先知，
他是人民中的圣人，超过一切凡人。

他是黑夜里的指路明灯，
他的光明照亮了万物生灵。

他是真主派来的代言人，
只因他，你才能走上正确的道路。

他把自己的父母做了牺牲，
为了给信徒指出通向天堂之路。

他不吃也不睡，
他从真主处要了你，而不是别人。

他日夜辛劳为了你，
你现在要全心全意地赞颂他。

他一切为了信徒，
为的是他们能得到拯救之途。

他比父母还仁慈，
他从真主那里乞求帮助。

真主永远怜爱人民，
他的行为永远公正。

他行为公正，品质高尚，
他心地仁慈又十分宽宏。

他的宏愿大如褐色大地和蓝空，
因此真主对他十分尊重。

在前他是所有领袖之首，
在后他是所有先知之父。

我遵循他指明的道路，
我完全敬信他的教导。

真主，愿你保护我的灵魂，
并愿先知也保佑我。

在后世愿你显出你的容貌，
啊，真主，愿你时刻给予帮助。

第三篇　对先知四同伴的赞颂

先知的四位同伴是他的安慰，
也是他身边的顾问。

他们是他的两位岳父和两个女婿，
也是人民中的佼佼者。

萨迪格[1]超过所有的人，
他心地和语言都为真主所知。

他献出了家产和身心，
所求的只是先知的欢心。

还有法鲁克[2]也是人中佼者，
他的语言、心地同样代表人民。

① 为艾布·伯克尔之称号。
② 当为欧麦尔的称号。

他是正教的帮手，
他打开了教义的大门。

还有奥斯曼也是一位品德高尚者，
他也是众人中的优秀者，慷慨助人。

由于他献出了一切，
为此先知给了他自己的两个女儿。

这里还有阿里，
他勇敢又英俊。

他为人大方，心地正直，
他学识渊博，驰名遐迩。

他们都是宗教和教义的支柱，
也是异教徒们的死敌。

这四同伴像是我的四位导师，
也是我终生学习的楷模。

我向他们多多致敬，
我的主，愿你把我的敬意带给他们。

愿你因我使他们常常高兴，
愿在伟大的日子里得到他们的救助。

第四篇　对春天和伟大的布格拉汗的赞颂

从东方吹来的春风，
给世界善良的人打开了天堂之路。

积雪[1]消融，大地充满馨香，
脱去冬衣世界又穿上新装。

春天的和风赶走了严冬，
明媚的春天又调好了幸福之弦[2]。

太阳将要归其原位，
从鱼尾移到羔羊鼻方位[3]。

枯树又穿上了绿装，

① 原意为“樟脑”。
② 原意为“弓”。
③ 天文学专门术语。

打扮得五彩缤纷。

大地裹上了绿绒，
契丹[1]商队运来了中国商品。

草原、山丘和谷地蜿蜒伸展，
到处鲜花盛开。

万花含苞欲放，
馨香和樟脑香气布满人间。

晨风吹来了丁香芳味，
大地散发着馥郁的清香。

大雁、野鸭、天鹅和克勒鸟布满天空，
它们上下飞翔鸣叫。

你看，一些飞起又落下！
你看，一些在游泳，一些在喝水！

灰色大雁的叫声在空中回响，
像长长的驼队走动一样。

山鸡鸣叫，呼唤其伴侣，
好像年轻姑娘召唤心爱的人。

① 原文作 Hïtay。或译作“中国”。

鹧鸪高声欢笑，
红嘴如血，眉如漆。

杜鹃低声啼叫，
声音柔如少女的妙音。

花园里夜莺啼鸣，
日夜歌声不绝。

野山羊在花间游戏，
鹿儿在草地上欢跳。

天公蹙眉洒泪，
花儿展颜微笑。

此时宇宙瞧着自己，
看着别人感到自豪又欢喜。

宇宙开口对我说，
你是否见过可汗的面容？

你如睡着，快请睁开眼睛，
你如未听过，快听我来讲。

千百年来我是无依无靠的寡妇，
如今脱去寡妇的外衣穿上了素装。

我盛装打扮，丈夫是伟大的可汗，
他如需要，我将把生命献上。

乌云翻滚擂战鼓，
雷声轰鸣可汗打开了战旗。

他拔剑出鞘欲征战，
他的威名扬四方。

伟大的桃花石布格拉汗登上位，
愿他福寿无疆。

啊，你是宗教的光荣，幸福属于你，
啊，你是民族的王冠，教义的护法。

真主将满足你的一切愿望，
愿真主成为你的支柱。

啊，你是世界之美和伟大的体现者，
啊，你是国家之光，愿你福禄无疆。

上天赐你王位，
愿他同时给你幸福。

世界掌握在这位可汗手中，
愿因他世上消除压迫。

从太空飞来的天鸟，
一些是印度的大王，一些是罗马的恺撒。

我们高声赞颂他的名字，
我们内心充满了喜悦。

这里绿草如茵百花盛开，
平原、山丘都穿上了绿装。

有的为他捧献上馨香，
有的微笑着为他打开了大门。

有的双手捧上香烛，
有的让麝香散发出香气。

有的从东方带来万千珍宝，
有的从西方送来美丽的侍女。

幸福为他服务，恭立在门前，
恭立在门前随时听候使唤。

这样世界准备为他效劳，
敌人在他的面前欲低头屈膝。

可汗的威名传遍世界，
他的武功辉煌。

世界安定法制公正，
他执法非常严明。

不论谁来谒见，
都可见到可汗的尊颜。

谁来寻求正义和幸福，
都将满意而归。

他行事公正，心地慈善，
谁来见他，都请安心来吧！

愿他的国家康乐幸福，
祝福他万寿无疆！

第五篇　论七星和黄道十二宫

我以真主的名义开始讲话，
我主创造一切，养育万物。

他按自己的意愿创造了宇宙，
他让太阳、月亮照耀全球。

你看他创造了不停转动的太空，
众星体也随着它转动。

他创造了蓝天和星星，
又创造了黑夜和白昼。

一些星星是装饰，
一些是头领，一些是随从。

一些为迷路的人指明方向，
一些为人民带来光明。

一些在上面，一些在下面，
一些明亮，一些昏暗。

最高的为土星，
两年零八个月留在宫中。

第二是木星，
它在一宫中留十二个月。

第三是火星，
它出现时绿草变枯黄。

第四是太阳，
它把世界照亮。

第五是可爱的金星，
受它一顾你会得到安慰。

其次是水星，
你一见就会钟情。

最下面是月亮，
它和太阳是冤家对头。

此处还有黄道十二宫，
有的成对，有的孤零零。

白羊座为春季之星，还有金牛座，
双子座同巨蟹座是朋友。

狮子座和处女座是邻居，
天秤座、天蝎座和人马座是友人。

三个是春季星，三个是夏季星，
三个是秋季星，三个是冬季星。

三个是火，三个是水，三个是风，
三个是土，这样才形成世界。

它们原来互相敌对，
有如水火不相容。

只有万能的造物主，
才使它们共同生存。

第六篇　论人类的尊贵在于知识和智慧

真主创造了人类，
赋予他品德、知识和智慧。

赋予他心智和语言，
赋予他廉耻和高尚的行为。

人类因有知识今天变得高大，
因有智慧解开了大自然的秘密。

真主给谁智慧和知识，
谁就能完成许多奇迹。

知识伟大智慧不可思议，
这二者使特选的奴仆变得高大。

证明这点的有这样的话，
你听它是怎么说的：

智慧和知识可以洞悉一切，
有知识智慧者可以达到目的。

智慧在处有伟大，
谁有知识谁就变得高大。

要知知识的含义是什么，
有知识者疾病远去。

无知识者都是病人，
人有病不治疗会很快死去。

喂，无知识者你要治病，
无知识者愚昧，智者幸福。

智慧是人们行事的指南，
它使千万愿望可以实现。

智慧给人的益处很多，
有知识后才有希望。

有智慧你能完成一切工作，
有知识你才能巩固所得的成果。

第七篇　论语言的利弊

智慧和知识的表现是语言，
它们照亮人们的心灵。

语言使人受尊敬，得到幸福，
语言也可使人受轻视，遭到不幸。

你看语言有如躺在门前的狮子，
啊，不小心的主人会让它吞噬。

你听因语言遭不幸的人怎么说，
应从他们那里吸取教训。

“语言给我带来许多灾难，
为了保全首级，真想割去我的舌头。”

如你希望自己平安，
说话就要十分注意。

会说话的人算明智之士，
不会说话的人到处碰壁。

话多无益处，
语多要失言。

人靠两件东西永不衰老，
一是好的行为，二是好的言语。

人生下又死去，但他的话留下，
人虽去，但其名则存。

你要生存不死，聪明人，
就要慎于语言！

第八篇　书的作者乞求原谅

喂，智者，我看重的是语言，
希望我说的话留给后代借鉴。

我只是直言不讳，
如有错误你可指责。

俗话说人言可畏，
恶劣的行为使人名誉扫地。

我有话欲吐为快，
我对自己说：倾吐出你要说的一切！

若问为什么要这样，
读者请听我来告诉你。

人的称号因为他是人，
是人就会犯错误。

世上没有不犯错误的人，
犯过错误的人成千上万。

有知识者少，无知识者多，
无智慧者总占多数。

愚昧是知识的大敌，
二者之间势不两立。

人和人之间有许多不同，
我说不同处就在于有无知识。

我的话是对有知识者而说，
我不愿对无知识者浪费时间。

我对无知识者无话可说，
啊，智者我只愿当你的仆人。

我对自己的言论感到惭愧，
若有错误我请求原谅。

说话写书的人免不了有错，
尚希望智者给予指正。

第九篇　论善行及其益处

你要以行动和言论做好事，
以这些造福于人民。

青春留不住，生命总有尽头，
最终你自己也将离开这个世界。

君不见有多少人曾经降生，
但终不免要死去。

他们中有幸和不幸，有的当官有的为奴，
但人死其事迹留存。

如今你来到此世上，
就要尽力行善做好事。

有生必有死，
人死因其善行而名字永存。

名声有两种留在世上，
一种是好，一种为坏。

坏名遭人唾骂好名受人赞扬，
二者全赖自己的选择。

扎哈克[①]因何为世人所不齿？
费里东[②]又为啥受到人们歌颂？

这是因为一个多方为善，
另一个作恶多端。

二者之中你要选取其一，
好坏全在人为。

这里一位智者的话可以做证，
其中的道理也为人懂：

“人因善行流芳百世，
恶人死后遗臭万年。”

作恶者尽管叱咤一时，
终有一天要身败名裂。

① 为人名，出典不明，本意为“嘲笑者”。
② 为古代伊朗王的名字，约在公元前750年在位。

恶行如火，是火就要燃烧，
在作恶的道路上也不会有止境。

谁具有知识，
谁就将获得世界。

睿智的统治者看重知识，
他把有知识的人集在自己的身边。

处理国务要慎重，
这里知识起着头等作用。

国家治理得好人民富裕，
人民富裕是统治者的目的。

国君为人民谋幸福应赞扬，
这样的国君死后不会被人遗忘。

无知等于瞎子，
没有眼睛的瞎子也要有知识。

这里用得上一句突厥语的名言，
我愿把它引用在下面：

“人类之美在于面容，
智慧之美则在于语言。”

突厥君主中曾有位名人，
他的名字叫通哈·阿勒普艾尔。

他人品出众，
是知识和智慧的化身。

塔吉克人则称他为阿芙拉西雅普，
他曾威震远近各国。

为人君者需要多种品德，
只有这样国家人民才不遭困厄。

刀剑能征服敌人，
法制才能治理国家。

第十篇　论知识和智慧的益处

喂，智者，我的愿望是语言，
让我来讲讲知识和智慧。

智慧有如黑夜里的明灯，
知识使你心里明亮。

人们因智慧和知识变得高大，
人们因有它们而受人尊敬。

如若不信，请看阿奴西尔旺[1]，
他以智慧照亮了人间。

他执法公正，人人富裕，
他的名字和时代永垂史册。

① 指波斯萨珊王朝库思老一世（公元531—579年在位）。

我听到这样睿智之言：
“火狱中的人远离开了火狱。”

小儿无智慧，
不到年龄他不能运算。

有智慧的人年老时变得昏聩，
随同智慧的消失笔也停顿。

但当这种人死去时，
他的事业则长存。

你若问为什么无智慧者是这样，
我说无智慧的人即等于无幸福。

智慧是值得尊敬的装饰，
无智慧者只是一把泥土。

你看此话说得多好，
无智无识者不能成为伟人。

人有智慧变得尊贵，
人有知识可以管理国事。

褐色大地上人子之主，

知识可以帮助人们达到所有目的。

人们称颂各种品质，

其中只有智慧值得赞美。

第十一篇　论书名的含义和老年

我给此书定名为《福乐智慧》，
愿读它的人会得到幸福和教益。

我将语言编织成诗篇，
愿伸手抓住两个世界[①]。

当人们幸福地抓住两个世界，
会因我的话成为幸福的人。

我让日出代表国王，
再来说明其含义，啊，善良的人。

我还要讲到这位月圆大臣，
国王陛下因他而光彩照人。

① 指今世和后世。

这位日出国王代表法制，
这位月圆大臣代表幸福。

我还要讲到贤明的事迹，
他代表使人变得高大的智慧。

他们之后还有觉醒，
我赋予他代表后世[①]的身份。

我的话围绕这四个组成，
愿读者读后变得聪明。

喂，青年人，你们生活过得欢乐！
请不要把我的话置若罔闻。

你们要力求上进莫入迷途，
要造福人类不要虚度青春。

青年时代很快就将过去，
不抓紧，生活会逃逸而去。

你们有无限的青春活力，
要服务国家不要虚掷年华。

我叹息自己的青春时代已过去，

① 此据费尔干写本。其他写本为“知足”。

但空言惋惜又有何用？

人生度过四十岁，
就意味着告别青春。

五十岁曾向我招手，
我像乌鸦般的头变成天鹅一样。

而今六十岁又向我呼唤，
我怎能来把它抗拒。

人的岁数一过六十，
活力消失，夏天变成了冬天。

我一度挺直如箭的身躯，
如今变得弯曲如弓。

我的脚上虽无脚镣却已走不动，
我的日光变暗已模糊不清。

欢乐已消失，心头之火已熄灭，
青春之名早已离我远去。

如今死亡之神即将来临，
我为逝去的日子放声痛哭。

过去的时光已经虚度，

现在只为剩下的日子乞求原谅！

第十二篇　故事开始关于日出国王

你看，智慧使人洞悉一切，
知识能为你打开宇宙的秘密。

这无边的宇宙充满神秘，
在年长者看来有如一位姑娘的举止。

有如姑娘的内心让你捉摸不住，
她勾起你的感情又要躲开你。

她像野山羊一样逃开其情人，
但你真要走开时她又含情脉脉。

她盛装打扮追着你跑来，
但又装作未看见一样把头儿低垂。

有时看见你故意把头转过，
不论爱慕者如何请求她都不予理睬。

她使多少英雄变老唯独自己不老，
多少豪杰走过，她从未轻吐芳心。

* * *

有位世界的英杰，睿智之首，
他在王位也已多年。

他的名字叫日出，
威名震惊四海。

他行为端庄，处事公正，
他说话诚实，心地善良。

他既聪明又有才智，
对穷人是火，对敌人是狂飙。

他自重，品行端正，
所有这些使他的威望日见提高。

他是这样的统治者，
以才智和品德博得人们的称颂。

他以法制管理国家，
他的统治与法制相结合。

诗人的这些语言绝没夸张，
读此书的人自会相信。

为人要高尚和公正，
把卑鄙和凶暴远远抛开。

一个人需要高尚和公正，
人的价值全在这两种品质中。

国王日出就是这样的人，
他像日月一般光照人间。

有才智者会受到他的青睐，
他从不埋没有知识的人。

出类拔萃的人都倾心于他，
有才智的人都集在他身边。

他事必躬亲，
但还要延聘才人。

处理国事他需要帮手，
这样才能使政务有条不紊。

* * *

一天他独坐思量，
处理国务真是责任重大。

工作多得令人头痛，
愿有个才智出众的人协助工作。

我一人处理不完这些国事，
我多么需要一个帮助我的人。

我需要一个出类拔萃的人，
他的聪明才智超过众人。

他要为人宽宏，行为端重，
还要语言和心地公正。

他要能处理国务，
还要能理解我的意图。

你听有经验人的介绍，
看他们是如何说的：

英雄需要帮手，
还需要聪明精干的使者。

需要能处理一切事情的助手，
这样做才能达到自己的目的。

助手多，国君不受累，
国事有人处理法制才能保持。

要知道工作中需要帮手，
这样才能处理好政务。

你看，国王因找不到合适的助手，
所以事必躬亲，早晚忙忙碌碌。

每天感到十分劳累，
如贪图安逸则国家受损失。

还有下面的话也说得有理，
你也不能不加以考虑。

贪图安逸会招来灾难，
追求欢乐到头来一定痛苦。

人越大头痛病越厉害，
头越大戴的帽子也越大。

国王如常常倾听下情，
治理国务的大门就向他大开。

他以自己铁腕打击邪恶，
他使一切坏事远离国中。

他警惕地治理国家，
为此他的威名传扬四方。

人无论何时都需要警惕，
治理国家更是如此。

这种警惕十分需要，
对国事和自己只会带来好处。

用诗人话说，这里好有一比，
这些话确有道理：

“人们称赞警觉，
许多人因麻痹而丧生。”

凡事都要提高警惕，
它对两个世界都十分必需。

做人的箴言是：如麻痹大意，
敌人一到，首先麻痹者死去。

所以有为的英主常说：
有备才能战胜顽敌。

人君要常保警惕，
这一点也和教义的要求一致。

国君警惕对国家有利，
同时也符合人民的利益。

那时国泰民安，
狼与羊结成同伴[1]。

人民爱戴地颂扬他，
四方敌人则低首归顺。

国君要执法严明，
这样国家和人民都将受益。

好的国君给万民带来幸福，
同时他的名声远播四海。

① 此为突厥诸民族形容太平盛世的习惯说法。

第十三篇　月圆来到日出国王处

有个才智出众的人名叫月圆，
早就耳闻国王的英名。

他是个青年人，举止稳重，
既聪明又才智出众。

他相貌秀丽，
说话有礼貌，口齿又伶俐。

他学识渊博，
但怀才不遇。

他顾影自怜，
一天自己对自己说道：

“我的学识出众，为何在此无所作为，
让我去见国王，请他给我一个职务。

“让我用我的学识为国王效力，
愿他有远见卓识发现我的才能。”

他是个英明有为的国君，
他是个渴望人才的人主。

智慧的价值只有智者知道，
有才学的人只有有知识者才赏识。

诗人说话爱用比喻，
是否可以这样作比：

“只有学者才知道科学的价值，
愚昧者哪里知道知识的含义。”

无知如何能知知识的贵重，
知识只有存在于学者之中。

于是月圆准备好行装，
一心启程去见国王。

他迅速准备好一切，
这位智者把希望寄托在国王身上。

他穿戴整齐决心启程上路，
但心中荡漾着某种惆怅。

他依依不舍地离开了家乡，
走上寻找幸福的路上。

人在异乡需要生存的手段，
两手空空如何谋生？

浪迹江湖不是易事，
好汉在陌生的异地也会走入歧途。

人们要外出谋生，
有两个条件不能缺少。

第一不生病，身体要健康，
第二有些钱物道路才宽广。

月圆就这样踏上了征途，
他走过了漫长的道路。

一天终于来到国王的驻地，
他希望能达到自己的目的。

他要先在城中找个住处，
城市虽大但竟没有他栖身之地。

他惆怅地来到一家小饭馆，
在那里凑合着度过了夜晚。

人们出外谋生要靠朋友的帮助，
否则真是寸步难行。

人在陌生的地方好比盲人，
盲人走错了路你不能怪罪于他。

月圆这样生活了一段时间，
艰难的生活使他面容憔悴。

但他结识了朋友，
朋友给他找了住处。

他对老人、孩子和蔼可亲，
朋友也都不把他当作外人。

月圆有个朋友，
名字叫库萨米失[1]。

月圆对他倾诉了衷肠，
又补充说明了自己的愿望。

国王有个侍臣，
他很得国王的信任。

库萨米失一天拜访了他，

① 意为希望。

与他谈了话。

库萨米失说明了来意，
向他表达了此次来访的目的。

（侍臣对库萨米失的回答）

侍臣说：让月圆来见我，
我要看看他的模样。

然后我将禀告国王，
再定下召见他的日期。

（库萨米失对月圆说）

库萨米失起身告辞，
回来对月圆说：有了出头之日。

你快去和侍臣认识认识，
可把你的要求告诉给他！

让他亲自看看你，
你还可以当面向他谈你的目的。

于是月圆站起穿好衣服，
和库萨米失一起去见侍臣。

他们来到大门前，走了进去，
侍臣的仆人看见了他们。

仆人入内去禀告主人，
于是把他们带到侍臣那里。

侍臣吩咐让坐，
语气十分和气。

（侍臣询问月圆）

侍臣问道：近来情况如何，
来此后住在哪里？

在这里有无亲戚朋友，
吃住是否有问题？

又问道：你有什么要求，
需要什么，能干什么？

（月圆回答侍臣）

月圆答道：侍臣阁下，
我久闻日出国王的大名。

我在远方已慕他的威名，

还有他的睿智和英明。

我愿为国王陛下服务，
为此我从远方来到此城中。

我的愿望是服务于国王，
如侍臣阁下认为合适，请为代禀。

侍臣十分喜欢月圆，
连连点头把他称赞。

说他相貌端正，举止文雅，
还喜欢他出言不凡。

侍臣一见就十分中意，
认为月圆正是国王要找的人。

（侍臣对月圆的答复）

侍臣答复月圆道：你不必着急，
事情全包在我身上。

我当把你的要求禀告国王，
然后为你定下谒见的日期。

让国王亲自看看你，

好使他器重于你。

引荐之事由我来安排，
我极愿成全你。

月圆走后，侍臣对自己说道：
这是个很难得的人才！

（国王对侍臣的回答）

国王听后急忙问道：
此人现在何处，我要亲自看看本人。

我要找的就是这样的人，
我打算任他为大臣。

侍臣，你快去召他来见我，
我要当面和他商谈。

侍臣急忙派去自己的侍童，
向月圆传达国王的召请。

月圆高兴地穿戴整齐，
跟随侍童来到宫中。

侍臣笑脸相迎，

请月圆稍坐等等。

侍臣入宫禀告，

国王说：快请，快请！

侍臣走出对月圆说：

国王有请，你的福星已高升！

第十四篇　月圆谒见日出国王

月圆进宫谒见国王，
国王看到他后非常喜欢。

月圆趋前致敬，
一番话说得国王十分高兴。

（国王问月圆）

国王问道：你是谁，名字叫什么？
从何而来，家住哪里？

月圆不慌不忙启口，
恭敬地向国王回答。

稳重、知礼是聪明的标志，
愚蠢则等于牲畜。

做事要稳重，
诗人打过这样一个比方：

“做事不要匆忙，要有耐心，
匆忙从事，明天就要悔丧。”

做事不能慌忙，需要稳重和耐心，
耐心能使奴隶得到官位。

（月圆对国王的回答）

月圆答道：回禀陛下，
我是为您服务而来。

经过长途跋涉我来到这里，
今天总算如愿以偿。

我愿为您效力，
请不要嫌弃。

国王听后十分高兴，
一切他都十分中意。

（国王回答月圆）

国王说道：月圆，我今天看到了你，

你的相貌和品德使我欢喜。

用你的良知为我服务，
请你做我的大臣。

你为我服务，我给你报偿，
幸福之门将向你打开。

从今以后你尽心效力，
我绝不会亏待于你。

（月圆回答国王）

月圆吻地答礼道：陛下，得到你的青睐，
幸福已在我手中。

我为效力于您离开了家乡，
长途跋涉后才得见到陛下。

愿真主襄助我，
完成您交给的任务。

我将按照先人的教导，
“努力服务，不计酬劳。”

月圆高兴地起身告辞，

心中有如点亮了一盏明灯。

于是月圆任职于国王，
日夜协助国王处理政务。

月圆每日出入国王处，
国王常报以赞许的目光。

月圆不断做出政绩，
日益博得国王的赞许。

第十五篇　月圆向国王说自己代表幸福

一天国王独坐宫中，
月圆高兴地来谒见。

月圆进来侍立在前，
国王让他坐在自己身边。

月圆坐在地上，
但未注意露出了自己的踝骨。

国王提出各种问题，
月圆都一一做了回答。

国王脸上露出满意的笑容，
月圆则低头闭上眼睛。

一会国王紧蹙眉头，
面上显出愠容。

月圆说，国王陛下，
您为什么动怒?

如我有什么过错，
请陛下指出。

我如有错，任您处罚，
我如无罪，且请息怒。

诗言臣下如有过错，
君王应马上指正。

有错必罚，
否则应以好言安慰。

（国王对月圆说）

国王不悦答了话：
你真是个不懂事理的人!

你看看自己原是什么人?
如今的高位是谁给你的。

我白白器重了你，
你辜负了我的信任。

你坐着露出了踝骨，
这在国王面前成什么体统？

还有我说话时，
你为何闭上了眼睛？

难道你未听过智者之言：
"在国君面前时刻要恭敬。"

你父母未向你说过：
"我儿，永不能和国君平起平坐。"

你辜负了我的信任，
不尊重国君小心要掉头颅。

国王是火，火不能走近，
否则你会烧成灰烬。

侍候国君时刻要小心，
否则灾祸会降临。

第十六篇　月圆向国王论述幸福

月圆微笑答道：
陛下，请您听我一言。

我明白了陛下发怒的原因，
请您也听我解释清楚。

您赐坐时我未敢坐下，
在陛下的面前哪有臣下的座位？

所以我坐在地上，
这样才露出了脚踝骨。

陛下说话时我之所以闭上眼睛，
这是为了表示格外的恭敬。

这里用得上一句突厥格言，
它是老人们的经验：

"有福的人不要因幸福而骄傲，
在高位者更不能忘乎所以。"

幸福无常如流水，
这宇宙在转动永不会停止。

幸福不常在，
人有旦夕祸福。

（国王问月圆）

国王说：我已明白了原委，
你也不必请罪。

告诉我你的品德，
你不必过于谦虚。

（月圆回答国王）

月圆说道：我的品德不少，
愿能有益于人民。

我年龄虽不大，品行端庄，
也不乏一试身手的才干。

我五官端正，举止适宜，

做事总能达到目的。

我到哪里，
希望也跟随到哪里。

我带来安宁，驱走痛苦，
伴随我的是欢乐，忧愁与我无缘。

逆我者死，
顺我者昌。

击我者被击，
欺我者亡。

这里又用得上一句格言，
请听它是怎么说的：

“幸福在处，你要低头，
与幸福作对，只会招致悲愁。

“幸福到来时，人们变得幸福，
在多种愿望中，以和为贵。”

（国王问月圆）

国王说：我明白了你的品德，

我还想知你有无缺点。

（月圆答国王）

月圆说：这点使我很为难，
我说我无缺点，但人们不这样去看。

人们说我的缺点是无常，
他们逢人便讲。

无常对我来说不算缺点，
我喜欢的是更新。

一切旧物都十分可怜，
可怜的东西则令人讨厌。

有新的，旧的还有何用，
有好的就不要坏的。

人们总是喜欢新的，
为此而奔波受苦。

他们强加罪名于我，
我为此受到人们的责难。

这里用得上一位名人的话，

且让我引在下面：

“万物生来总有灭亡，
造物主想要什么就创造什么。

“生活有如吹过的风，
有谁能将它捉在手心。”

不要迷恋过往无常的幸福，
对它你不必太认真。

既然幸福不常在，
人们又何必过于珍爱。

如果幸福永存不走，
白天过去黑夜也不会到来。

第十七篇　日出国王向月圆论述公正

一天国王孤独地坐在屋里，
坠入了忘怀一切的沉思。

他陡然想起召唤月圆，
于是月圆施礼走进。

月圆在国王一侧侍立，
国王半晌沉默不语。

国王用眼光轻轻一瞥，
暗示月圆过来坐下。

月圆悄悄地坐了下来，
他心明眼亮，但却凝视着地下。

月圆偷眼看了一下国王，
只见他眉头紧锁，面容惆怅。

他坐在白银制成的安乐椅中，
那安乐椅三只腿分立三方。

国王手里拿着一把大刀，
左右来回摇晃。

那月圆见到这般情景，
不禁咽了一口气，异常恐惧惊慌。

（国王问月圆）

过了良久，国王抬起了头，
他向月圆开了口：

“你为什么像哑子般一言不发？
为什么像我这样独自忧愁？”

（月圆答国王）

月圆说道：啊，国王陛下，
我自己已失去说话的欢情。

别人若看到了今日情景，

他也会这般胆战心惊。

智者将智慧教给平民，
君王愤怒时不可走近。

智者贤人说得好：
“君王盛怒如大火焚吞。

“假如君王忧心如焚，
举止温和的人啊，你切莫走近。

“假如君王怒发冲冠，
你要远远避开免受牵连。”

如今正是思考这话的时刻，
要小心翼翼观察眼色。

君王愤怒时别到他的身边，
如果你去就要准备受轻贱。

看吧，如果君王去射雄狮，
狮子将丧命于盛怒之时。

（国王问月圆）

国王说：我问你，

为什么你现在如此惊呆?

(月圆答国王)

月圆说：这些事使我诧异，
为什么您的银椅竟是这样的?

您为什么这样坐在椅子里?
请您向我讲出其中的含义。

第二，为什么您手握一把刀，
这件事我真想知道。

第三，它怎么总是来回地动，
为什么左右摇晃不停?

我知道您怒火在烧，
看到这一切我心中明晓。

见这情景我内心不安，
使我手足无措不能进言。

第十八篇　日出国王向月圆论述什么是公正

国王说：我明白了你的话，
让我来向你解答。

前天我曾召唤过你，
那时我内心忧戚。

你向我指出种种惊奇神异，
你的事让我陷入忧郁。

当我悲哀时，你也难过，
当我萎靡时，你的脸色阴郁。

你如同我的月光，我就是你的幸福，
我的阐释望你能领悟。

为什么你的行动有所异样？
你做的一切我全然洞悉。

你的为人使我原谅你，
你的品德使我尊重你。

今天我将用自身的行动，
将我的品德向你表明。

你看我好比公正的法制，
你且观察这法制的行动。

在这安乐椅上坐着我，
它有三条腿而我心安理得。

有三条腿的东西不会坍毁，
三条一同挺立不会断折。

假如三条中有一条毁损，
其他的两条也会弯折。

三条腿的东西稳固直立，
四条腿的却会弯曲。

笔直挺立的东西全美好，
美好的人行为笔直。

你看，受磨损的东西会弯曲，
弯曲的损坏露出伤痕。

笔直的若折损就会倒坍，
正直的东西不倒却巍然挺立。

即使当公正被歪曲之时，
我的行为依然公正，绝不弯曲。

我用公正来判断朋友，
我不区分高官与奴隶。

谁若将这刀剑握在手中，
他就能够用它切砍裁断。

我遇事像用刀切般裁判，
我不让申述者久受拖延。

若有人上门从我处求得法制，
他将顿时获得神力。

如那尝到糖的甜蜜的人，
喜悦愉快眉头舒展。

如果有人喝那烈酒，
他会因酒醉而丧失公正。

我将对恶人治之以法，
让他如喝烈酒般备尝辛辣。

当暴徒前来我脸色阴沉，
我紧锁双眉冷酷无情。

无论是我的儿子与我多么亲近，
无论是过往旅客留宿的行人。

我将二者在法制上视为等同，
裁决上无亲疏一律平等。

你看，王位的基础是诚实公正，
有诚实公正则君王得生。

让聪明人来思考这些言语，
那听信聪明话的人事事成功。

诚实公正是王位之基，
公正之路是王位之根。

如果君王公正，法行四方，
他的要求将如愿以偿。

（月圆问国王）

月圆再祈问国王陛下，
为什么国王名叫日出？

（国王答月圆）

国王答：智者请观察我的行为，
再和我的名字衡量比美。

你看那太阳总是完美无瑕，
普照万物如此光辉。

我的行为同它一样，
正直无瑕大公无私。

再有这太阳将世界照亮，
它普照人类永不消亡。

我的法制也不会消失，
我的言行对全民公平一样。

再看那太阳升起，大地披上霞光，
百花盛开，万物滋长。

我的法制不论到了哪片国土，
那里的一切沙石将推移他方。

升起的太阳不管那里是清洁或是肮脏，
它将无偏无倚把四方照亮。

我的行为也如此光明，
我的光泽滋润一切地方。

如今这太阳黄道已定，
它的根基坚固不移。

这太阳星宿如雄狮锐不可当，
它行进不偏永不消亡。

再看我的行为始终如一，
我永不变幻四射光芒。

（月圆问国王）

月圆说：我懂得了您的话语，
我还有件事向您询问。

请问什么叫作善，
什么叫作善行？

（国王答月圆）

国王说：善行就是这样的行为：
它的利益先给予人民。

它向全体人民行善，
不要求感恩而让荣誉于他人。

不为自身谋利而利于人，
不将利益取走而给予他人。

（月圆问国王）

月圆说：我懂了您的话，
我还想请您回答：

请告诉我什么是公正诚实，
它为什么能同太阳一般普照人世？

什么是公正之路，
什么又是它的基础？

（国王答月圆）

国王说：请看那公正诚实的人，

他总是言行一致。

外表如内心，内心如外表，
这就是公正诚实人的真貌。
他心中所出如手中所行，
人所共知他无愧于众。

人要公正，它带来幸福，
最美好的人性是公正的美名。

人不宝贵而人性宝贵，
人不稀少而公正稀少。

诗人讲这话时曾考虑再三，
如今你听后反复想想。

世上的行人数量繁多，
而诚实公正的人十分罕见。

人不宝贵而人性宝贵，
智者将那诚实公正的人歌颂赞美。

第十九篇　月圆向国王论语言及其利益

（国王问月圆）

我再问你一句话，
请直言不讳。

应当听谁的真话？
话应说给谁听？

（月圆答国王）

月圆答：应当听智者之言，
再将话讲给无知者听。

要听长者有益之言，
幼者要谨言慎行。

智者贤人告诉我：
应当多听少说。

无知者话说得多，
智者能人话听得多。

哑人能够学得知识，
而聋人的手连知识的边缘也不能取得。

（国王问月圆）

国王说：你的话我已明白，
我还想问一句，请你说来。

是应当缄口，还是让舌头去说？
应当让言语藏匿，还是让它横流？

（月圆答国王）

月圆答：请国王听我讲述：
如果不说话，知识将被遗忘。

不要责备舌头，而要将它歌颂，
有人责备语言，有人却把它赞颂。

那无数众多的生灵，

用语言将唯一的真主证明。

造物主创造的万民，
要用舌头赞颂真主的圣明。

如果身体对他人有裨益，
一个是舌头，另一个是心。

人有舌头是为了说出真话，
语言若虚假则失去威力。

请看说真话受益无穷，
说假话斥责跟随。

让你的舌头为说真话而活动，
将那歪曲不正的话语藏封。

人们称不说话者为哑人，
称喋喋不休者为长舌。

长舌人最受人轻视，
明达之士最受人尊崇。

国王听这话心中充满欢情，
他举起双手，昂首注视天空。

他对真主满怀感恩之情：
“让我从内心发出对主——您的赞颂。

“是您向我施以恩典，
我有罪之身是您无能侍奉的仆从。

“您赐给我所祈求的一切，
您给世界以幸福昌盛。

“我自己将用什么语言表示感谢?
啊，请赐我美妙的言语述说这感恩之情。”

*　*　*

月圆的言语如开了珍宝之库，
给穷人以无数财富。

国王对月圆分外器重，
既给赏赐，又传以嘉奖。

让他任宰相，给以委任图印，
赏给他旌旗、乐鼓和盔甲。

从此他治理国家威名远扬，
敌人纷纷慑服屈降。

*　　*　　*

月圆运筹帷幄，
使一切如意欢畅。

他精心治国，人民富裕，
人民为国王祈祷，感恩戴德。

人民摆脱了苦难，幸福无边，
请看牛羊成群，野狼逃窜。

政治清明，法制得体，
国家兴旺，蒸蒸日上。

这福德遍及各地的部众，
全民归顺，国事井然。

到处出现了新的城市村庄，
国库充实，满藏着金银财宝。

国王这样地欢欣安详，
世界将他的英名怀念不忘。

第二十篇　月圆给其子贤明的留言

月圆有一个独生子，
小小年纪精明伶俐。

他名叫贤明，本质纯洁，
他品行端正，面容美丽。

月圆把儿子叫到面前，
把他搂在怀中，不禁落下眼泪。

他说：儿啊，如今我要离你而去，
我的地位及一切，将遗留给你。

你是我眼中的光明，
我死后你要善自珍重。

这突厥梅录官[1]吐词芬芳，
他把子女看作眼中之光。

对子女的关怀如无涯之海，
他红润的面庞变得枯黄。

那些有子女的人啊，
他的智慧将怎样对待这种时光？

子女日后总会像父亲一样入土，
但子女却不能取代父亲。

月圆向儿子说：我有话要告诉给你，
你要把它铭刻在心上。

你看看我，我是你的父亲，
我的名字叫月圆，你把我仔细端详。

我月圆的生命已经不长，
你为此伤心也是枉然。

人生甜蜜，而死亡痛苦，
如今逃避之路又在何方？

我把我的心曾献给今世，

① 原文作 buyruk，意为大臣。

它却离开我，忘恩负义。

世界以爱的召唤欺骗了我，
我以心奉献它，它却急忙飞奔。

世界带来痛苦，而幸福已经衰老，
相信我的话吧，愿它不再欺骗你。

我将人们需要的留在此地，
让不需要的随风飘去。

生命将如风般飞去不返，
我悲伤哭泣又有何益？

地位或钱财对我无济于事，
今天我的手再不会向它伸去。

你听智者说什么，
有知识者懂得什么是死亡。

智者见死亡即会起身，
聪明人虽迷惘也终将明白。

这死亡是多么残酷无情，
它对人的打击又多么惨重。

死亡能将宏伟的宫殿摧毁，
它能将完整的东西打得粉碎。

诗人曾反复将它吟咏，
智者啊！请你也来把它歌唱：

为什么全世界对它无计可施？
为什么谋臣对它也无法可想？

（贤明答月圆）

贤明答道：我的父亲啊！
您的哀痛使我忧心如焚。

您离开了我，我将如何生存？
为您我忧伤，我的眼睛不见光明。

您是我唯一的至亲，
如今我委实悲苦万分。

假如这死亡已定，
那么注定的死亡应属永恒。

为什么悲伤啊，为什么哭泣？
莫要悲伤啊，这确属真主的旨意。

假如您为今世的财富而心伤，
请您别再为它无益地哭啼。

假如您为深切的恩情而恸哭，
请您抑制离情莫再饮泣。

那众多财富终将舍弃，
您会黯然地离它而去。

您深知今世充满着苦难，
苦难的折磨早使您厌倦。

这世界若对某人施以一种恩典，
还会给他两块裹尸布。

您若因求生存而悲伤啜泣，
您伤心的泪水将长流不尽。

过去的白昼不会返回，
黑夜终究要降临。

这悲痛曾使我思虑难忘，
但愿您从此欢乐不要忧伤。

您是被养育者，被养育者终将死去，
被造者死亡，而造物主长存。

我的父亲您是个仁慈的善人，
然而造物主更比您慈爱万分。

他创造您，将幸福赐给了您，
莫非他不会对我赏赐慈悯？

他能使渺小者变得伟大，
他给轻贱者赐以贵重。

请思考那智者的语言，
智慧的语言胜过无知者的双眼。

它是一切宝物之中的珍品，
它的宝贵更寓于珍奇之中。

它使低贱的贵重，使渺小的伟大，
使邪恶的端正，使巨大的高耸。

* * *

月圆听了儿子的话，
举起双手注视苍天。

感谢真主啊，感恩不尽，
感谢真主，赐我儿以智慧。

（月圆答贤明）

我的儿子啊，我的心已经安宁，
愿真主赐予你幸福长生。

你的话真实而聪慧，
用你的心去识别它的意味。

真主将智慧赏赐给谁，
他的一切要求得以心满意遂。

谁的行为善良端正，
日月的光辉照耀他有求必应。

优良品行是最宝贵的财富，
有优良品行福乐无穷。

* * *

月圆又说：啊！我的儿，
勿忘我将死亡，你要清醒。

别轻信生命，它奔走不停，
它将迅速离开这世界，行驰如风。

我将你交给了真主，
愿真主保佑你平安幸福。

如今我将要与你分离，
我满怀悲哀难免哭泣。

今后你又该怎样度过一生，
请你认真地把我的话倾听。

第二十一篇　月圆劝诫其子贤明

忠诚信奉真主，要心口如一，
明日之事明日做，要始终一贯。

一切善恶由真主主宰，
信仰真主，按他的旨意行善。

你有要求要向他祈求，
任何人不能给你所求之力。

今天或明天都要尊奉真主，
他的一切教导必须遵从。

行为要端庄，不要误入歧途，
言语勿狂妄，切记谦虚谨慎。

我活了若干时光，如今即将离世，
这世界对我如何，请你观察仔细。

不要为这世界而投入火海，
他人之物，你切勿攫取夺来。

我这躯体不曾享用，只知积蓄，
如今时光已过后悔又有何益。

我的财富已成负担，即将留给你，
愿你快乐地享用，幸福如意。

在世时你如果善于理财，
今世与后世，你将满面红光。

如果你不会管理钱财，
你会因贫穷而面色枯黄。

要做诚实人，品行端正，
快乐即孕育于诚实之中。

要听听诚实人的话，
这两个世界都是诚实人的境地。

人们祈求自己的幸运，
诚实中才能祈得吉祥。

你自己如想求得富裕，
应明了富裕须从诚实中找寻。

你如果祈求尊贵，那伟大属于人民，
你自己应恪守诚实大路之门。

行为端正的人，生活满意舒畅，
他在今世与后世，都会沐浴阳光。

我的儿子你要注意倾听，
为避开火狱，你自己要行善功。

要处处行善远避恶行，
那善果将来临于你的期待之中。

切勿与恶事靠近，
恶行如毒蛇会伤害你。

不要向伪善者讲话，应切记；
他定会向别人泄露你的秘密。

不要接近饶舌人，
全世界都传颂智者贤人。

紧紧依靠忠实可信的人，
他给你带来的甜蜜你享用不尽。

严守内心秘密，切勿把它暴露，
我的话你要切切注意。

不要说一句谎言，
人们最鄙视说谎的人。

对待你的亲戚朋友要亲密无间，
对待长者和幼辈要亲近和善。

款待客人要丰盛，
见人缺点别指明。

祈祷真主，要虔诚恭敬，
远避罪过，应行事小心。

当幸运到来，不要扬扬得意，
当善事来临，切勿为非作歹。

别为财富欢喜，它终要离你而去，
切勿相信幸运，它会急速衰颓。

不要依靠生命，它将如梦般消逝，
别信赖无常的幸福，它如鸟般飞去。

一生里要行善，不要做恶事，
时光在流逝，要及时取你所需。

不要喝酒，远离那酒宴的骚乱，
不要好色，远避酒色寻欢。

这两件事使神圣之福飞走，
却让人走上贫困之途。

有见识人的话你要倾听，
他们懂得事情的后果前因。

不要贪杯，不要通奸，
这二者会给你穿上贫穷的衣衫。

酒使人乱心，走向千万种罪行，
奸淫被人唾弃，让幸福落空。

说到此月圆把话截断，
他劝诫儿子，勿忘这有益的叮咛：

“望你相信并珍惜我的遗言，
把这些话牢记在心间。”

第二十二篇　月圆给日出国王留下遗书

他拿起笔和纸，
先书写真主圣名。

开言先赞美创世真主，
歌颂真主养育宽容之恩。

真主创造千万种生灵，
给一切生灵赋予生命。

他创造了人们祈求之物，
一切祈求均来自他的赏赐。

世上的万物终将死亡，
生者必有死，唯创世者不亡。

祝愿最爱戴的预言者平安，
愿真主接受无尽的祝愿。

愿真主将平安降赐，
赐予您万事如意顺利。

祝愿您国王陛下长寿，
万民因您盛名繁衍生息。

我名叫月圆，行为圆满，
满月变缺，因临近死亡。

死亡已经紧拉住我，
我无处逃身，幸福已去。

承蒙您对我厚情美意，
我未能为您尽忠却要分离。

如今我只有写下遗书，
用遗言报答您的厚意。

在今世我是您事业中的伙伴，
我曾以公正照亮您的事业。

如今我又留下忠心，
遗言中写下我劝谏的语言。

请听忠心人的话吧，
忠心是人性中的上品。

请将忠心人的话牢记，
这些话会使您兴旺富裕。

忠心人是最真正的人，
忠诚的话会使您伟大。

啊！国王，我以赤诚之心待您，
愿英豪的您实现这些言语。

死亡来临我忏悔忧伤，
却深知忧伤无济于事。

我曾做的顺从侍奉如今有益，
我为一切错行忏悔悲戚。

金银财宝将留在今世，
我所得的宝贵高于它几倍。

悲伤哭泣没有好处，
唯有感谢真主赐予慈悯恩惠。

今天我将不得已而离去，
明天您无疑将接踵而来。

国王啊，死亡迟早有定期，
望您以智慧将诸事及早处理。

困苦灾难中望您行善，
用您的手和言，使黎民爱戴。

顺利时您要多讲善言，
有财富时您要多做施舍。

国王啊，望您在今后的日子里，
行动上不越轨，顺从天意。

愿财富不使您疲劳，
愿诸事求得公正。

对黎民法制严明，
您生活无比光明。

您切勿为财富而自投罗网，
请将这肉身欲望切断。

您切勿做今世财富的奴仆，
它使人冷落而孤独。

不要过于自信而骄矜，
对这无常的今世请您不要相信。

亲近众人中的好人，
远避那损害您的坏人。

别向贪婪者施舍，
别把饭舍给那忘恩负义的人。

您若祈求在两个世界都有王位，
这五件事您切不可行：

不犯禁忌，不用暴力，
不杀害人，不迁怒人。

不贪杯酗酒，
这些事将导致王位受损。

你若愿永保王位，
就要尽全力治理庶民。

国王啊，您今天是万民之首，
望您以明智保护平民。

国王您肩挑沉重负担，
不要疏忽，凡事要细心谨慎。

肉体的要求导致情欲，
注意节制身体的欲求。

愿您在余生中洁身自好，
不做恶事把罪过洗清。

要知道这世界并无恩义，
从这奔行的世界中您自取所食。

听听那思想家的名言，
思想家的人品在世界上高尚非凡。

世界如梦，人如过客商旅，
商旅的日子又如梦幻飞逝。

今世您勤奋所得如宫殿般美丽，
这一切再好也将弃舍无遗。

您将过往而去，
请您仅取所需，不需者则不应取。

我这愚蠢人即将离您而去，
愿您终身勤勉，给世上留下盛名。

将亡者给生者好言规劝，
请聆听将亡者衷心遗言。

我将独自躺下，忏悔此生，
愿您不厌生存，一切安顺。

*　*　*

啊，手长的人不要接触恶行，
恶行将使人在两个世界哭泣。

您的手长可与人民接近，
请看这生活的甜蜜即将逝去。

今世在奔行，它将悄悄离开，
死亡将会迎面而来。

请接受我的劝告：
今日您生活，明日切莫烦恼。

人们死前将遗言留下，
这就是我留下的遗言。

国王您一生对我慈爱，
我给您留下有益遗言。

我写下了这些真诚的话语，
愿您不忘这些话，不把我忘记。

无论您生活多么长久，
一朝终会死亡。

当它召唤时，您要准备前往，
正如行远路，终将有归宿。

国王啊，应尽的义务我已完成，
为了您，我已竭尽忠诚。

愿真主给行善者以恩赐，
赐给他们衣食与幸福。

愿您长寿平安，
愿您快乐无穷。

国王陛下，我即将离去，
我的爱子将留下托您福荫。

我已将他交给真主，
祈求真主保佑庇护。

我对您有个请求，
请求您别让他沾染恶习。

一切事均来自天命，
而善恶之行却全在自己。

父母养育子女，
能影响子女优良或恶劣的品行。

今日我为父者即将与此长辞，
我儿子年幼将成遗孤。

如若我的请求合理，
但愿您引导他走向光明。

愿国王教之以道德知识，不要放松，
让他具备道德，掌握知识本领。

愿他的行为端庄而规矩，
让他学会有益的侍奉。

不准他胡作非为，要管教约束，
严格约束，就是给儿子带来幸福。

应当多听长者的教诲，
有经验的长者讲精辟道理。

儿子年幼要教给他知识，
幼小时懂知识能明辨路途。

对子女别姑息，要严格要求，
苛求能将知识教给子女。

年幼时学到了知识，
老死时也不会忘记。

* * *

月圆写完后把遗书折叠整齐，
将它递给儿子，再三吩咐：

“你将这遗书好好保存，
亲自送给国王，切勿丢失。

“让他读过后记住我的话，
准备我的后事，并为你安置。”

月圆长叹一声向儿子看了又看，
叮嘱他务必要公正忠诚。

然后他将儿子紧搂怀中，
泪如雨下，泣不成声。

我儿啊，如今你已看得分明，
我怎样离开你，你不要忘记。

有一天这时刻也会轮到你，
最终你也会死亡不要惊异。

我给你留下了需要的话语，
为我做祈祷吧，我的话要铭记。

假如国王召唤你前去，
你不要怠慢，要驯顺听从。

切勿随心所欲行为不检，
事事要恭顺虔敬。

夜晚迟睡，清晨早起，
清早起床其乐无穷。

真主之命你要尊重又尊重，
为国君效劳你要赤胆忠诚。

见邪恶你要远远避开，
永走正路，不断行善功。

说话要慎重，愿你健康成长，
自己要珍重，愿你幸福到老。

月圆说罢紧紧抱住儿子，
他满腔悲伤，恸哭流涕。

第二十三篇　日出国王召见贤明

国王为月圆诵读《古兰经》，
呼唤月圆之子，劝慰他莫要哀恸。

“啊，孩子，你不要如此断肠，
思念源于恩爱难忘。

“这思念不仅只属于你，
我也忧思满腔。

“莫让你的心在哀思中沉浸，
让你的身转向我，侍奉此生。

“你父亲已去世，我从此是你父亲，
今后我为父，你为子，我将你抚养成人。”

（贤明答国王）

贤明吻地施礼向国王说：
“祝愿国王万寿无疆！

“我是您养育的奴仆和侍从，
我的生命愿为您献上。

“我父亲为国王奉献了生命，
愿真主将我这奴仆献给君王。”

* * *

儿子拿出了父亲的遗书，
把它恭敬地呈递给国王。

国王打开遗书细细读过，
豁然开朗，又不禁忧伤。

“啊，你曾经是我的近臣，
如今我门前冷落，座旁无人。

“啊，你生前侍奉我竭尽职责，
至今仍不忘为我分心。

"我没能为你尽到责任，
愿真主赐你回赏。

"今天我对你无限思念，
愿真主赐予你欢愉荣光。"

* * *

国王说话间满眼泪水，
他走出屋门反复思虑。

他回到屋里心情沉闷，
他数日忧思追忆紧闭房门。

* * *

月圆之子将父亲教诲牢记在心，
他将金银财宝施散给穷人。

他对父亲的关怀念念不忘，
他亲近一切对他和善的人。

他忠实遵循父亲的遗训，
看，阳光普照，遍地福荫。

* * *

国王从此更加奋发辛勤，
国家法制日趋严明。

人民富裕，举国昌盛，
为国王祈福成为黎民之声。

* * *

一天国王在屋中独坐，
他丢下书久久思量。

他想心事不禁伤情，
他想讲话，又无人商量。

又想起月圆在世时的品德，
想念他人品温顺贤良。

“他是好侍臣行为洁美，
他的功绩使平民受益难忘。

“如今他的空位使我事业有损，
这缺损的地方应当补偿。

“我左思右想想起了贤明，
我几乎将这件重要事遗忘。

“月圆生前将其子托我抚养，
我怎能将他忘在一旁。

“父虽死，儿在世，
我失去了一个，要用另一个补偿。”

他立即派人去见贤明，
将贤明召唤到他身旁。

第二十四篇　贤明谒见日出国王

贤明走进了王宫，
愉快地拜见国王。

（国王问贤明）

国王一见贤明，立即招呼他，
亲切问他这一向的情况：

你如何度过了这些时光？
你走过的是大道，还是崎岖羊肠？

父亲去世后你怎样度过这些时日？
是欢欣愉快，还是忧郁悲伤？

（贤明答国王）

贤明祝愿国王陛下安康，

祝愿您长寿，英名远扬。

由于与国王陛下相隔太远，
我愁眉不展度过了时光。

不见您国王的面庞，
我没有欢笑，只有忧伤。

今天国王您将我召唤，
我沐浴着幸福又有了希望。

如今聆听了国王的指令，
像阳光照目我满眼放光。

第二十五篇　贤明任职于日出国王

国王说：儿子，从今后你来我身边，
不要再失望心酸。

我未曾完成你父亲的嘱托，
如今我要为你实践诺言。

请听那近侍臣的话吧，
他总是明了事理，知而后言：

当你了解了人们的痛苦，
切莫忘记这痛苦与你相连。

作为人切莫丢弃了人性，
对人情要还以人情。

谁在含辛茹苦，要切记给予帮助，
对他人的酬劳，要大大超过他的付出。

谁若不理解别人的忧愁，
这种高官确实蠢笨如牛。

你切莫学蠢牛，要讲人性，
对人们怀仁爱，做个贤人。

人们以人性获得人之称，
讲人性的人将享盛名。

（贤明答国王）

贤明吻地答国王：
是国王您的眼睛把我照亮。

您是伟大的君主，我甘为侍奴，
侍臣奴仆永远尊敬伟大的君王。

君王您不论对我重用或冷淡，
我奴仆之身永为您奉献。

* * *

贤明轻轻起身走出宫门，
漫步走回家中。

从此侍奉国王身体力行，

为治国效劳忠心公正。

他日以继夜不停操劳，
他废寝忘食孜孜不倦。

国王对他衷心满意，
国家的兴盛之门从此大开。

请看这侍臣的非凡言行，
他运用卓越之才使国威日振。

啊，得到理想的臣子是国王的快乐，
他所做的一切正中国王的心愿。

假如臣子的侍奉使国王不满，
他甘愿自己受责难。

国王事事考验贤明，
多少事全证实贤明公正。

有时抬举他，对他尊重，
有时轻视他，对他无礼。

受尊重时贤明不骄，
被轻视时他服顺如恒。

他一片忠心如国王之盾，
他掌握珍宝财库，经理聪明。

他身担重任鞠躬尽瘁，
国王信任他无比忠诚。

他管理诸事井井有条，
他不偏不倚为人公道。

请听听长者的声音：
有人在世时守财悭吝。

这种人十分看重金银财宝，
他日夜想念金银。

然而那没能得到财宝的人们，
却完全能得到世界的福音。

请看智者传授知识，
再看诚实者是真正的人。

我这样说可能更为合宜：
对赤胆人你应报以生命。

诚实者所说的一切忠实可靠，
他所做的一切公正可信。

多少男人聚在一起，
人们只称赞诚实者为英雄。

* * *

国王对贤明很是尊重，
让他掌握全盘，信任重用。

他治理国家得心应手，
言谈和行动上大显才能。

国王赐他大印、骏马与披挂，
让他优先享有福禄威名。

他在国王身边献计，
发出许多英明圣诏。

无数名人上门，
争相前来献身。

看那远近的庶民啊，
纷纷携来贡品。

贤明励精图治，
他深受百姓尊崇。

暴行在黎民中销声匿迹，
丑闻恶行亦无影无踪。

黎民欢乐开颜，唯有敌人不满，
顽敌纷纷逃窜。

国王幸福，德高望重，
举国繁荣蓬勃发展。

这一切均来自智慧，
来自聪敏、知识和顺从。

看人们怎能不赞扬智者，
又怎能不责备无知无能。

智者的行为是诸事的典范，
无知者只能破坏，却一事无成。

看智者伴着福德多么相称，
请相信：智慧总是带来善行。

请听那伊犁贵人的话吧，
这就是话中意义的关键：

无知者如果一旦飞黄腾达，

举国遭殃黎民受患难。

明智者如果得位掌权，
全国繁盛，黎民得平安。

第二十六篇　论国君

（贤明对国王说）

陛下，今天让我来讲讲人君的品德，
如有错误，请予纠正。

真主创造了人类之子，
其中有伟人也有普通人民。

有的是富翁有的是穷人，
有的聪明也有的愚蠢。

统治他们的是国君，
因为他生来与众不同。

人君要把国家治理好，
人民才能得到幸福。

国库要充足，
法制要严明。

国家如富强，
敌国不敢来侵。

这样国运才长久，
人君死后不被忘。

人君出身要高贵，
还要勇敢过人。

他要聪明有才智，
还要心胸宽大善待人。

管理人民需要知识，
处理国务靠智慧。

国君的名字和知识分不开，
无知识怎能当一国之君。

这里请听一位智者的名言，
这是他一生的经验：

“人君要有知识和智慧，
缺乏这些只能是傀儡。

“还要具有多种美德，
这才不失为人君的本色。”

国君还要十分勤奋，
千万不能疏于政务。

耽于享乐是国君的大敌，
这样国事会无人料理。

他还要知人善用，
不得把权力交给小人。

坏人当道作恶多，
国家人民跟着遭殃。

处理事务要果敢，
优柔寡断只会延误事情。

国君不得行暴虐，
暴虐会使你失去人心。

人心是国君之本，
没有它国君不能生存。

宽大待人是国君的重要美德，
这样才能获得人民的爱戴。

对敌人要时刻警惕，
这对国家和人民都有利。

警惕可以避免敌国的进犯，
麻痹大意会招来亡国的灾难。

若是国君具有这些品德，
人民拥戴，王位就会永在。

第二十七篇　贤明论大臣应具备的条件

贤明回答国王道：

大臣是国王的助手。

国君当然需要大臣，

大臣公正国君睡觉才能安逸。

大臣担负起国君的重担，

大臣巩固国君的王位。

他应是特别挑选的人，

有足够的智慧和魄力。

他的智慧和知识有如海洋，

还要尽心去完成一切应做的事情。

他应出身名门，笃信宗教，
并要为人正派。

这是一个重要的职位，
要由行为高尚的人担任。

他要有智慧和知识，
还要机智和胸怀宽大。

他应是虔诚的伊斯兰教徒，
因他的信仰国家和人民受益。

他应是心地慈善的人，
能关心人民的疾苦。

他深谋远虑做事小心，
他不做不当的事，知道做事的时宜。

出身低下的人卑微，
卑微的人不适合做大臣。

出身好的人有信义，
出身卑微的人只能带来痛苦。

大臣要有廉耻守清廉，
不知羞耻者是人中的败类。

清廉的人不贪财，
贪婪的人永不知足。

大臣行为端正，做事公道，
人民才能得到幸福。

大臣为人不正，
国事就会受损。

大臣还要精于打算，
不知打算，大臣的工作不会圆满。

他要廉洁奉公，
还要知人善用。

谁具有这样的品质，
国君就封他为大臣。

有这样的人担任大臣，
国家和人民都会幸福。

第二十八篇　贤明论将领应有的条件

国君无疑需要将领，

这样才能保证国土不遭侵犯。

将领要智勇双全，

还要有胆有谋。

他对敌人不怯懦，

懦夫好比女人。

懦夫毁掉军队，

军队毁掉战士不存。

战争中要坚韧不拔，

这样才能抵抗敌人。

将领要懂政治，
要知军事与政治的关系。

执行政治才有灵魂，
有灵魂的军队才能打胜仗。

将领还要具备几种品质，
他才能百战不殆。

他对敌要猛如狮子，
搏斗时要狠如虎爪。

他要顽强如野猪力大如狼，
要凶如熊怒如牦牛。

他要狡如红狐，
狠如公驼。

他要警惕如喜鹊，
目光锐利如山鹰。

他要威如雄狮，
还要像猫头鹰那样夜间不眠。

第二十九篇　贤明论近侍臣应有的条件

（国王问贤明）

关于将领的情况我已听明，
再请把近侍臣的条件讲清。

（贤明答国王）

近侍臣应可靠忠诚，
还要行事公正。

他要出身名门，
还要有高尚品行。

他要廉洁侍君不贪财，
还要知识丰富有才干。

廉洁的近侍臣不受贿，
受贿的侍臣是国君的耻辱。

廉洁奉公的人行事公正，
这样的人才能给国君带来美名。

有才干的侍臣能为国家带来幸福，
有知识的侍臣才能不犯错误。

奉侍国君需要知识，
有知识才能处事自如。

侍臣相貌要端正，
说话还要口齿清楚。

他还要知礼恭顺，
这一点也是侍臣的条件。

他还要待人和善，
和善的侍臣人们喜欢。

侍臣还要做事勤快，
这样免得国君事事挂怀。

侍臣是个十分重要的职务，

他要成为国王的耳目。

对侍臣要注意挑选，

好的侍臣将分挑国王的重担。

第三十篇　贤明论依林哈[1]应有的条件

国君不论学问多么渊博，
秘书官对他还是十分重要。

国君要把自己的意思说清，
要写的话由秘书官裁定。

国君的话不要隐瞒，
要对两种人说明。

一个是大臣，另一个是秘书，
务使他们明白自己的意图。

语言有如火与水，

① 原文作 ïlïmɣa，为黑汉王朝高级文官名称，意为秘书官。此字也见于同时代北部高昌回鹘王国文献中（参看耿世民《回鹘文摩尼教寺院文书考释》，载《考古学报》1978 年第四期第 510 页）。

有的成事有的破坏。

有的话比如烈火，
不小心要把自己烧坏。

有的话比如流水，
水到处百花盛开。

秘书官要有才能，
字要写得漂亮。

漂亮的字体给人愉快，
使人读了心中开怀。

语言要与字体相衬，
这样写成的才是好的书信。

美言睿语存于书中，
这样的话语人们不能忘情。

如不写下智者的教导，
我们的后代如何能知道。

人们的话语要传到远方，
没有书信人们如何打交道。

文书工作十分需要，
它能帮助国务走上正道。

有三种人对国君的事业十分必要，
让我一一来介绍。

一是有才智的大臣，
其次是秘书，他是国君的代言人。

第三需要勇敢的武将，
他使凶恶的敌人屈膝归降。

国君要听取大臣的意见，
处理国事要与他们商量。

处理国务还少不了文件，
这些都要由秘书官来帮办。

还要有善使刀剑的武官，
国土才能不遭敌人侵犯。

国君如有这三种人为自己服务，
他才能高枕无忧。

第三十一篇　贤明论财务大臣应有的条件

国家的基础在于充实的库藏，
管理国库需要能干的财务相。

国库中重要的是金银，
金银自有重要的用场。

廉洁是财务大臣的美德，
挥霍是国君的大敌。

国家也有如一个家庭，
过日子要善于精打细算。

收入与支出要记清，
还有时间、日期要写明。

为此财务官要精于算学，
这样账目才不致混乱。

财务官还要长于经商，
也要经常了解市上的行情。

商业带给国家利益很大，
这样才能保证国库免于匮乏。

国君对臣下如有赏赐，
国库要及时供给。

臣下拿不到赏赐，
这会给国王的脸上抹黑。

第三十二篇　贤明向国王论应派什么人做使节

所有国君需要使节，
做使节的人需要智勇双全。

许多事情需要使臣来做，
使臣能完成许多出色的工作。

使臣一定要机智，
还要口才出众。

他要掌握话语的内外含义，
这样完成任务才能顺利。

使臣不得贪婪，
要行为端正，作风正派。

贪婪的人无法控制自己，
会把事情弄坏。

他们应懂得各种语言文字，
这样才能不受欺骗。

只有能读能写能听的人，
他才能应付自如。

还要通晓星象、医术和圆梦，
这样才能取得对方的信任。

要精通数学，
这样才能求根求圆。

还要通晓棋艺，
这样才能联络感情。

还要善于狩猎百发百中，
会打猎受人欢迎。

使臣不得贪杯，
贪杯会误了大事。

酒后话多要失言，
失言后还会把自己烧成灰烬。

还有使臣要相貌端正，
五官不正会惹人生厌。

能找到这样的人是国王的幸福，
只有这样的人才能胜任使臣的职务。

派出这样的人出使外国，
才能为你赢得朋友。

第三十三篇　贤明向国王论侍臣的条件

（国王问贤明）

国王向贤明说：
你具有真主所赐的美德。

正因你品质优秀，
如今强暴制服，法制公正。

真主将各种优长赐给了你，
你得天独厚有超群的美德。

多少君王独自奋发图强，
没有侍臣之助却不能相得益彰。

用眼睛能看外表，知君王要看内心。

君王亲密的侍臣如同他的嘴和眼睛。

你是我的眼睛、舌头和臂膀，
国家因你而美名远扬。

请你听听可汗的话，
如今世界安宁，国事兴旺。

国王希求亲近的侍臣，
让他去掌管国家的金银。

国王如求得忠贞之士，
他自己才得安享福荫。

侍臣之中精良者赤胆忠心，
忠心的侍臣最难找寻。

世界上如果没有忠心，
那人性又如何能长存?

贤明啊，我是多么怜惜你，
你是你父亲留给我的唯一亲人。

如有另一个人和你一样，
我希望能再得这样的人。

你孤独一人让我牵挂，
你再有一个同伴我才可安心。

但愿你不遇到忧患，
但愿我的祈愿会降临。

告诉我：你见到的朋友之中，
有没有我祈求的与你相同的人。

（贤明答国王）

贤明回答国王说：
愿国王诸事顺利无恙。

愿国王永享太平安康，
愿您的祈求降临到您身旁。

尊贵的国王啊，见到了我的劳苦，
您切莫为此忧伤，愿您心怀开朗。

忧患降临时，那安乐也会到来，
安乐与忧患会轮流来访。

假如国王需要治国治民之士，
那人应是益于国事的人。

请看那聪明的官员，
他能用智慧教化人民。

如果国家里有众多的参谋，
则国家大治，国君高枕无忧。

我的亲友中确有人才，
他的智慧出众非凡。

他品德高尚善于思索，
他办事合宜聪明果断。

他名叫觉醒，品行端正，
他具备一切完美的德行。

然而他却早已逃避人世，
如今隐遁于深山。

他信奉真土潜修苦行，
为在修行中洗清罪恶病痛。

他的品德比我高尚百倍，
他是罕见的人上人，最为精明。

如果他能与我相伴为伍，
他定能以智谋运用自如。

国王将得安宁心情舒畅，
在世界生活愉快幸福。

（国王问贤明）

国王说：这正是我的心愿，
找到他我才会心安。

你是我唯一的知己，请你相告，
这件事如何处理更为妥当？

请问，我怎能召唤他前来，
召请他应派谁前往？

是写信还是请人传话？
请你看怎样办最为适当。

（贤明答国王）

贤明答：国王陛下啊，
您是多么真切地在把他盼望！

我愿带您的诏令亲自前往，
我用自己的话请他前来。

我要想方设法美言好语，

用智慧的语言对他奉劝。

请国王亲手写信一封，
让我前去面请。

纵使我的话有万语千言，
抵不上国王的诏书一张。

请听听贵人的话：
国王的诏书使百姓心花开放。

再请听听智者之言：
国王的话能解开心中之结。

国王向属下说话严厉，
能使属下终生铭记。

国王说话亲切和蔼，
老幼群众将他爱戴。

（国王答贤明）

你既要前去请做准备，
我亲自来写带去的信。

第三十四篇　日出国王给觉醒写信

国王拿起纸和笔，
用书信来表情达意。

开头先写下真主之名，
赞颂真主的创造、养育和宽容。

我愿千万次赞美您，
赞颂至大的真主唯一长存。

真主赏赐了公正的法制，
又将力量赐予万民。

我以国王名义向你诚挚问候，
我写信给你敬祝平安。

不知你身体是否安康？
不知你怎样挑起命运重担？

我知道你有优美的品质，
在今世中无与伦比。

真主赏赐你无数优点，
赐予你知识美德和智慧。

你的品行我早有耳闻，
我渴望眼见你俊美的面容。

你如今远离了朋友兄弟，
你躲避了城乡与庶民。

你独自修行隐遁深山，
你虔修默祷长年不断。

朋友对你如何？
你为何拒绝不见？

如果你有什么忧伤，
请来向我倾诉衷肠。

我愿给你以法权，
我愿你的生活欢乐开颜。

与朋友交往从中受益，
这利益使人们尝到甜蜜。

你应当走入朋友中间，
和朋友相处结为伙伴。

褐色的大地，碧绿的河水，
千万种花朵欢笑在其间。

你和兄弟朋友和睦相处，
你会和他们亲密无间。

你如果要修行祈祷，
在城市虔修才是宗教之道。

在城市和乡村修行最为神圣，
其他地方和这里无法比拟。

在祈祷中学知识受益良多，
无知者去祈祷亦属枉然。

人具有这两种精神：
一种是学习，一种是教育。

这两种精神聚于全身，
你想取哪种可以随心所欲。

（国王劝觉醒）

请你给我明确回答，
这两条道路你要选择哪条？

如果你已经学得了知识，
你要使用它，还是将它丢弃？

如果你还没有学得知识，
你应在学得之后再去修行。

请听那智者的话：
要带着知识去修行祈祷。

有知识的人祈祷得到赏赐万千，
无知的人祈祷却得不到赏赐半点。

在城市乡村中祈祷的人无数，
却不见有人祈祷在那远处。

你在山里修行能做礼拜，
还有一课你能封斋？

除此之外你还做哪些忏悔？
请你将它向我说明白。

你如今担上隐士之名，
这名称将是忏悔的不幸。

如果你自己有困惑和烦恼，
这忏悔就无益无效。

如果躲避平民隐匿祈祷，
这种忏悔之行应当减少。

请你来到城市乡村，
在这里祈祷通向一切善功之门。

你要让庶民享得裨益，
你要和朋友的心连在一起。

啊！觉醒，如今我来召唤你，
这对你有益请莫躲避。

倘若你来则对你有利，
倘若你不愿来也对我无弊。

我召唤你来是为了庶民之利，
愿你不要妨碍百姓利益。

请你考虑我讲的话，
如果它真实就请动身。

请你到这里来给我协助，
多行善功救济贫苦。

那主宰两个世界的全能真主，
将把奖赏与英名给你我降赐。

你行善行，可以使我达到善功，
善人能引导人们走上行善之途。

国君若好，黎民得利，
全体百姓共享福荫。

你别祈求私利，去祈求英明国君，
英明国君将给庶民谋福利。

平民若好，与众人无关，
国君若好，百姓见日光。

请看人们都称道什么人？
他们为人行善，对人有利。

所有的人都热爱善人，
善人处处博得称赞。

善人对百姓赤胆忠心，
你是善人，你也要无限忠诚。

*　　*　　*

我用笔把这些话写完，
讲话结束，墨迹已干。

如果还有什么话要讲，
请你向亲戚亲自把话传。

*　　*　　*

国王将信叠好盖上图章，
交给贤明让他带上。

国王说：如今你可以前去，
去用婉言将他规劝。

请你努力去将他召唤，
你可不要空跑一趟。

听智者讲什么言语，
你作为使者讲话要得体。

什么话合适请你先说，
什么事合宜请你去做。

第三十五篇　贤明去觉醒处

贤明迅速跃马飞驰，
很快来到了亲人的家。

他骑马到亲人家门附近，
下马前行走到家门。

他用手轻轻敲敲房门，
觉醒出来行礼相迎。

门儿一开亲人相见，
二人拥抱亲吻互道平安。

觉醒把亲人搀进房里，
拉着他坐在一起。

亲人团聚是多么欢欣，
感谢真主啊，赏赐这福分。

亲友远离后又平安相聚，
这是多么美好的乐趣。

当知己的朋友聚在一起，
你看这是多么美妙的相聚。

（觉醒问贤明）

觉醒向亲人问候平安，
又向贤明问道：

请问你为什么来到这里？
有什么事请你相告？

听说你在侍奉国君，
你用知识数益于平民。

你既然肩负百姓的重担，
为什么来这里把他们抛弃？

（贤明答觉醒）

贤明回答说：
我渴望见到你英俊的面容。

是那思念的痛苦纽带，

带我前来把你看望。

我多么期待着见你一面，
如今见到你，我才得心安。

时光飞逝我没能见到你，
我很久没能了此夙愿。

真主终于使我达到愿望，
如今我和你又欢聚一堂。

我还有别的话要对你讲，
请你把我的话细听分晓。

第三十六篇　觉醒与贤明对话

觉醒回答说：我已听见，
请你再听我进一言。

唯一的真主使我们相会，
愿真主赐福千千万。

请问你要讲些什么话？
请快讲出来不必拖延。

（贤明答觉醒）

贤明回答说：
我见了你如同光明来到跟前。

智者啊，人生最大的痛苦事，
莫大于不能实现夙愿。

请听听那经验之谈，
你了解它的真意就能心安。

假如你对某事怀有仰慕，
那仰慕就鞭促你的脚去奔赴。

怀着仰慕之心启程开步，
那盼见亲人之情使远路变成近路。

贤明又说道：
我为你忧伤难以用话说清。

你抛弃城乡，抛弃部众，
你远远避开了亲友和弟兄。

你孤独一人挑起这重担，
你自己为何这样忍饥受寒？

所有的朋友都为你忧伤，
见不到你伤心惆怅。

母与子怎么能分离独居，
你孤独一人怎能不有病患？

这忧思使我不能在家安眠，
这内心的痛苦伴着我不得平安。

真主并非为你而创造了火狱，
并非专让你承受一切苦难。

你为什么这样折磨自己？
请你把这一切解释一番。

（觉醒答贤明）

觉醒回答说：这话我已听见，
请你听听我的对答之言。

你说的话句句是肺腑之言，
这话包含兄弟情谊，至情无限。

只有兄弟朋友能与你分忧愁，
陌生人又怎会为你担忧？

我远离了兄弟朋友，
为什么我独自到此地独居？

我看到了宗教的好处，
我愿在这里自己修行锻炼。

为此我才到此处，
来独自祈祷真主。

如今世之事而纠缠的人们，
不能为后世而祈祷修行。

一切修行人如果不关闭房门，
他就不能为创世主祈祷侍奉。

那情欲纠缠使人窒息，
摆脱了它去祈祷才得宁静。

请听听哲人怎样说：
情欲和宗教势不两立。

欲望与好色如同大敌，
这二者使祈祷者为其奴役。

如有欲望出现必须节制，
肉体的欲求会使人沦为奴隶。

用理性去节制欲望，
用智慧去禁止肉身。

为此我抛弃了家乡部众，
来到这里独居甘受苦痛。

如果说我走在人们之前，
那是因为不尚空谈。

朋友，你说我孤独无依，
那陪伴我的是对真主的记忆。

觉醒向贤明说：美丽的月亮啊！
你有什么愿望请讲真情。

你有什么请求就公开讲，
有什么需要请你讲明。

（贤明答觉醒）

贤明回答说：我自己啊！
确实带着请求前来，请让我说明。

日出国王今天听说了你，
他需要见你才派我来。

国王渴望见到你的面，
他派我来把你召唤。

无论有多少困难，
也要把国王谒见。

国王是英明素丹，
对黎民慈爱和善。

谁若能见君王就享福禄，
在两个世界里都能尽享幸福。

请听这城镇长官的话吧：
智者能导引世界国家大治。

有了法制清明的国君，
幸福将普照四方八邻。

哪里有国君公正的美名，
哪里就有幸福的英雄。

法制公正，则根兴旺，
法制败坏，则根枯竭。

如果行法制之君不存，
真主将砸碎大地七层。

谒见公正的君王就能幸福，
又得赏赐又可将罪过洗清。

你知道我今日得以成人，
全来自国君的栽培之恩。

真主赐给了我智慧与知识，
国君赏给我恩典。

真主赐给的一切善事合宜妥善，
他给人民以利益和负担。

今天国王要召请你，
你前去将解开君王郁结。

我作为使者前来，
不只代表自己。

还有国王的亲笔信，
请你读他自己的言语。

（觉醒问贤明）

觉醒读信后思虑再三，他说：
国王的话是多么明智。

国王如今召我前去，
这原是最大的幸福。

这对我关系重大，
我如何处理请你出主意。

（贤明答觉醒）

贤明回答说：

国王谈到你滔滔不绝。

他的舌头一动就有你的名字出现，
他为想见到你早已把眼睛睁圆。

人若爱谁会在心里想念，
嘴里会把他的名字百般叨念。

对心中所爱者他想亲眼见见，
越看他的心里越喜欢。

他心里的向往要求，
都会在他的话里出现。

（觉醒答贤明）

觉醒回答说：英雄啊！
请你给我出个好主意。

你是我的亲人和密友，
请你尽亲友之情给我参谋。

你对我至为亲近真诚，
对你的话我都百般相信。

（贤明答觉醒）

贤明回答说：啊，有福的人，
请你不要这样讲。

国王既召请你前往，
你为什么还要与我商量？

让我们一同前去吧，
我还有什么话可讲？

和你在一起受益良多，
想自己受益怎能为你出主意？

按我自己愿望出主意，
这主意不会对你有利。

许多事情人们需要商量，
也有不合心的事却必须去做。

你自己对自己最为信爱，
你断然不信别人的忠言。

你懂得别人会怎样商量，
请不要向我要主意。

我为接你而前来，
我的意见就是请你马上启程。

人中间的善事和嘉奖，
在这里全然不见。

我曾向你讲过：
城市乡村的美妙说不完。

你应当理解我的话全是忠言，
为了你，我才忠言相谏。

什么事使你远离了人群？
你应当为人服务来到人群中间。

做穆斯林的事最为合宜，
真主将赏赐你高官与乐园。

心与口要忠诚，品行要端庄，
你将有求必应生活幸福如愿。

别躲到无人烟处，请到人民中间，
要有自知之明，别指摘他人缺点。

贵人啊，请你揣摩这些诗句，
请你把它诵读，再把它实践。

你有什么愿望都要与人为善，
你要行善功，不必追根溯源。

不要忘记看别人的长处，
不论到哪里要走正路。

要做好人要行善，
爱戴你的人千千万。

善人到处行善，
善有善报。

你不要作恶唯行善，
哪里召唤就前去切莫迟延。

第三十七篇　觉醒向贤明论今世的无常

觉醒回答说：我理解你的话，
请你再听我进言。

这世界使你十分眷恋，
你将一切罪过当作道德来看。

无怪乎你讲出这些格言，
哪里有爱恋也必有罪过相连。

眷恋使今世充满罪行，
你本来有美德啊，是伟大的人。

请听听这可爱的人怎么说吧，
责难爱恋，是美德的始端。

爱恋的目标十分明朗，
鄙视眷恋，就有了道德。

你以爱今世为目标，
将其一切罪过视作心中美德。

你向我百般夸赞今世如何，
让我向你倾诉它的罪过。

先祖使它欢笑，真主给它磨难，
全能的主使世界成为黑暗深渊。

在黑暗中你随心所欲地追求吧，
愿望福禄只存在于天堂乐园。

先祖在乐园中享受娱乐，
洗清了今世留下的污浊。

真主非难这爱恋如恶魔，
斥责了那入迷的眷恋。

真主让祈愿的奴仆觉醒，
不赐他今世而让他走清洁大道。

啊，今世的福禄并不美妙，
它远离真主，是宗教的灾难。

信奉真主的人应当明了，
人们要按轮序离开今世的缠绕。

庶民中的坏人可以致富，
而心地温顺者却常贫苦。

人不单要生，还要孤独离去，
何苦今世攒财临死又要舍弃？

啊！将死亡者，你为何还在困惑？
你自己不过是留宿两天的过客！

要知道，生者必有死，
那死亡正等待着降临的时刻。

世界还有一个大开的大门，
这是亿万人都要进入的死亡之门。

不要迷恋于这数日的欢乐，
它将使你奔波而焚毁了自身。

欢乐的今世无常，幸福流逝，
它给你的一切又将被它夺去。

人世中间君主与奴隶并无差别，
无论善与恶都不能醒觉。

请看那赫赫一时的君王，
到头来也将被召唤。

那在今世享用过的身躯，
终将被驱逐而离去。

直爽的人啊，请你思忖，
请你理解我这些话的含义。

这世界为什么飞跑，有谁驱赶它？
为什么它飞跑还要驱赶你？

这世界的一切都是宗教的仇敌，
享用世界财富是对宗教的厌弃。

肉身如同凶恶的敌人，
到处都有陷阱和深坑。

请不要随心所欲地积财吧！
肉身不会将智慧给予人。

请听听那能节制自身的话吧，
唯禁欲者能节制自身。

智者不看重肉身，
看重肉身者是宗教的背离人。

第三十八篇　贤明向觉醒论今世与后世

贤明回答说，
幸福的人啊，请你听我言。

请你将这话听明白，
它对于智者更为宝贵。

无论这世界的面貌如何，
在生活的道路上不要厌倦。

莫强使这宽广的世界变为狭小，
真主将美德赐给了有罪的奴身。

有苦难就有欢乐，
对有罪者还有欢乐的希望点燃。

你害怕痛苦就希冀快乐，
奴仆的祈祷会使你达到夙愿。

主为万民创造了两个家，
一个是天堂，一个是火狱。

众生在这个世界奔波，
日以继夜，奔走蹉跎。

不祈祷而求今世财富的人下火狱，
那天堂对他无处容身。

真主赐给了奴仆两眼与两耳，
一个为着今世，一个为着后世。

赐给了两只手臂让你抓拿，
一只为今世，一只为后世。

赐予你两只脚让你行走，
一只在今世走，一只在后世行。

再听那智者讲得多美妙，
世界上不乏人人称颂的慷慨之士。

啊，奴仆要明智清醒，
不要越轨啊，以免灾祸来临。

真主创造了两个世界，
一个如跑掉，你将另一个追寻。

全能的主创造了芸芸众生，
让他们各有饥饱不同。

人需有衣服和食物，
亲人啊，这是生存之路。

生活中不能拒绝这些：
穿的衣裳和吃的食粮。

如果今世财物属于合法，
穷人可以努力去取拿。

（觉醒答贤明）

觉醒用手拍了一下头，
思考了半晌抬头说：

啊，你为我操心把我当亲人，
你为我费唇舌说了许多。

你的话经过了周密的考虑，
愿真主赐福于你。

如今我权衡了这件事，
我认为它对我不甚合宜。

不中意的事理应躲避，
靠近那不中意的事危险之极。

如果有什么事心里不想做，
聪明的人啊，你去办也徒劳无益。

我对这件事没有想望，
我不能完成只有拒绝。

我不会给国王带来益处，
无论是我的道德品行还是语言。

我早已逃避了今世，
如今又怎能前去。

我已将自身奉献于真主，
再奉献给他人是否适宜？

请允许我将此身献给真主吧！
我将为您祈祷顺利。

（贤明答觉醒）

贤明回答说：
请你听我讲。

朋友啊，你既然有此心愿，
我不愿再勉强让你为难。

祝愿你留下平安，
请给国王写封信看我情面。

只要你亲自来写信，
你自己不去也无妨。

让我将你的答复带往，
带走你的话语交给国王。

第三十九篇　觉醒给国王写信

我写下了自己的心愿，
我要讲的话都到了你的耳边。

愿君王听到我的请求，
高抬贵手把我放弃。

使臣传达了话要求回答，
如今请你把我的话传达。

（贤明答觉醒）

贤明回答说：
我听懂了你的话。

你既然给国王写了回信，
请交给我带回面呈。

亲人啊，我却这样料想：
国王要见你的意愿不会改变。

那能干的国王会派我重来，
为了再一次把你召唤。

他会很快派我再来，
你若不去他不能开怀。

*　*　*

觉醒送走了亲人贤明，
用聪明的言语与他赠别。

贤明跃马而上，奔驰如飞，
回到家中稍事休息。

太阳离开大地将面孔隐藏，
天空穿起黑貂的素装。

宇宙如染上了炭色般漆黑，
人们闭上了眼睛纷纷入睡。

贤明靠近床榻躺下，
不久便沉入了梦境。

抬头见东方如火焰般明亮，
如似美女欢笑的脸庞。

那耀眼的光芒从地面升起，
世界变得洁白美丽。

他起身出门走去，
向国王拜见行礼。

（国王问贤明）

国王问到觉醒的情况，
请告诉我事情的经过。

他说了些什么话？
他是否能前来谒见？

贤明将信递给国王，
国王读过信很不高兴。

他的脸色变红又变白，
沉思了半晌，重又微笑起来。

第四十篇　日出国王第二次给觉醒写信

国王拿起笔纸，
重又向觉醒写信。

他写完信折起严严封闭，
挂起来让墨汁在空中吹干。

他将这盖印的信交给贤明，
贤明接过来将它收起。

国王又向贤明叮咛，
让他送信时用明智的言语。

你要召唤他到城市中来，
你要竭尽全力千方百计。

无论他提出什么要求，
我一定让他称心如意。

贤明面带笑容愉快起身，
带着侍童敏捷地上马启程。

到达亲戚家的附近，
他下马向前步行。

* * *

他轻轻地用手叩门，
觉醒连忙起身。

觉醒急忙开门出迎，
用手施礼致敬。

觉醒携着贤明的手走进屋里，
请他入上座表示敬意。

（觉醒问贤明）

啊，亲人，你何必为此辛苦？
你为我来过已经徒劳。

我断然答复你已明晓，

又何必让我再受煎熬。

请你听听智者的语言，
听听那饱经风霜的经验之谈。

用经验看人知人，
听言谈得知内心。

如果看到金子不能识别，
用试金石一划便知真金。

（贤明答觉醒）

贤明回答说：亲人啊！
你且莫为我担忧。

侍臣睁开眼先看见君王，
君王的命令臣要一一奉行。

我已将你的信带给君王，
你的话我也一一奉告。

这是君王的复信一封，
我用双手来把它奉上。

（觉醒答贤明）

觉醒打开信来读，
他边读边思忖：

亲人啊！这是为什么？
为什么国王要紧紧把我追寻？

第四十一篇　觉醒与贤明第二次对话

贤明回答说：

啊，请亲人听我说分晓。

国王召请你，全为你着想，

他希望你走一条美好的正道。

你如果来这里忏悔祈祷，

就如同打开幸福之门的钥匙。

在那城乡部众之中，

美妙之处一言难尽。

今世的幸福并不丑恶，

既可享用又可向他人施舍。

财物是通向善行的向导，
财物是治疗疾病的医生。

有了财物人们能求得知识，
一切的人都会向善行伸手。

这财物能使人达到愿望，
蓝天高不可攀而财物可靠。

如果人有所需要，
可以要那财物珍宝。

如果人手中没有财物，
就难于施舍去行善功。

为什么你要把这善行抛弃？
为什么你不喜欢这些话语？

（觉醒答贤明）

觉醒答道：你的话让我忧愁，
如同给我的饭里放进了毒药。

如果我听了你的话，
就要前去侍奉君王。

侍臣首先要通达法制，
又要举止大方，言谈合度。

如果不懂得待人接物的礼节，
这种侍奉只会使人厌恶。

请听听侍臣怎样讲，
他谈过一些自己的经验：

君王需要这样的侍臣，
他言行忠正，缄口慎言。

侍臣要学会法制道理，
懂得侍奉之道，使人心悦诚服。

我自己远离人群，
言行无法无度。

我怎能好生侍奉君王，
此路对我不通。

无论你怎样劝告再三，
我只能以此奉告。

第四十二篇　贤明向觉醒论为国君服务

侍奉国君非同一般，
这里有许多仪礼要注意。

国君面前须谨慎，
不得疏忽要小心。

有事进宫要禀报，
获得准许才能到。

交叉双手恭立国君前，
右手要放在左手上。

奏禀事情要恭敬，
双膝触地才算行。

切记不得东张西望，
两眼垂视看着地上。

不论将帅或侍臣，
也不论依林哈和伊难珠[①]。

还有那叶护[②]和龙格鲁施[③]，
都要在国王面前这样执行臣礼。

为臣下者要忠心，
这样才能得到国君的信任。

为人臣者不得居功自傲，
否则会失去国王的宠爱。

要忠心于君，
切勿心怀二心。

不管国君多信赖，
都不能恃宠胡来。

国君面前不得说谎言，
不能心怀野心又贪婪。

① 原文作 ïnanq，汉文古籍作伊难珠，似为突厥将领官名称。
② 原文作 Yawɑqu，原为突厥汗国西部可汗的称号。该职称在黑汗王朝时具体作用不详。
③ 原文作 Yuɑqrux，为黑汗王朝高级官称。

对国君要直言不隐瞒，
更不能无端进谗言。

坐在国君身边不得随便吐痰，
这是粗野不懂仪礼的表现。

不得盘腿坐在国君面前，
还不得高声笑谈。

酒醉不宜进入宫中，
这样会干出越轨的行动。

国君问话注意听，
回答要适宜简明。

若是国王有宴请，
要遵守席上的文明。

别人面前的菜肴勿伸手，
先把自己面前的送入口。

席上不要狼吞虎咽，
免得惹起别人的讨厌。

还有即使你宴前已吃饭，

也要把国王的赐宴当作光荣。

以上说的十分必要，
为人臣者都要做到。

国王恩赐给你职务，
你应当为国王服务为国家和人民谋幸福。

国王如任你为宰相，
你要执法严明为人高尚。

国王任你为统帅，
你要警惕切莫把敌人忘怀。

如你担任哈吉甫的职位，
要关怀穷人不得贪污纳贿。

你若是大臣管理财务，
要廉洁看守好国库。

国王若赐给你依林哈的职称，
你要保守秘密守口如瓶。

以上是为人臣的职责，
我已一一对你讲明。

（觉醒问贤明）

你说的事情很全面，
我也已经完全听懂。

还有一些事我想知道，
请你再给以示教。

我看到城中服务于国王，
免不了要与各种人来往。

我如何对待他们全不知道，
请你一一给予介绍。

第四十三篇　贤明向觉醒论如何对待普通人

普通人行事不一样，
他们的智力与其行为相像。

普通人的举止不当，
他们做事不讲规章。

没有他们诸事完不成，
要善言相待但不能引为知己。

普通人的行为粗鲁，
注意不要过于接触。

俗人行为没有礼貌，
行事为人也不可靠。

他们只求吃饱肚子，
此外再不关心别的。

关于普通人的行为，
请你听听有经验的人是怎么说的：

“俗人关心的是自己的肚皮，
百姓操心的是过日子。”

多少人为了生活死去，
如今长眠在黄土之下。

俗人吃饱肚语多荒唐，
如不严加控制将有不轨。

朋友，但你要和他们来往，
并且还要保证他们吃饱。

对他们说话要和气，
他们的请求要予以满足。

要慎言不要多说话，
说话多了必乏味。

稳重的人不多言，

智者非常注意自己的讲话。

话多无益处，

语多必失言。

第四十四篇　论如何对待圣裔

贵族与众不同，他们是人民的首领，
喂，朋友，他们是你应当交往的人。

他们之中有的是圣人的后代，
尊敬他们会使人幸福。

你要诚心膜拜他们，
不断献以供奉。

他们都是先知的子孙，
为了先知的缘故也要尊重他们。

你不要追问他们的根底，
更不能在说话上对他们无礼。

第四十五篇　论如何对待学者

还有一种人是学者，
他们用知识照亮人民。

你要十分爱他们，尊重他们的意见，
你要向他们学习学问。

他们能区分事物的好坏，
他们能选取正确的方法。

要如饥似渴地学习科学，掌握知识，
要努力做好事，千万留心讲话。

他们代表真理，是宗教的要求，
他们也是真正的教义之根。

世上如果没有科学家和学者，
大地怎么能生长出粮食。

科学是照亮人民的明灯，
黑夜中因它人们才不迷失道路。

你要献身科学少说空话，
不能把科学家的实践当作邪恶的东西。

你需要他们的科学知识，
他们给你指出正确的道路。

科学家好比羊群中的带头羊，
羊群有带头羊领路才能走正确的道路。

要与科学和学者好好交往，
这样你才能在两世得到幸福。

第四十六篇　论如何对待医生

此外还有一些不同的职业，
他们的知识又不同。

其中一种是医生，
他们专门为人治病。

这种人也为你所需要，
缺少他们生活就不好。

人们平时要闹病，
医生看病治愈它。

你看，疾病常是死亡的伴侣，
死亡是人生的大敌。

也要好好对待他们，
要保护这种人的权利。

第四十七篇　论如何对待诗人

诗人是语言的大师，
他们会赞颂你，也能贬低你。

诗人的语言犀利如利剑，
他们的感情细如发丝。

要是你取得他们的好感，
他会把你比作珍珠宝石。

你因他们的赞颂而名传四方，
也会因受他们的贬责而臭名远扬。

要尽力善待他们，
免得成为他们攻击的对象。

若要他们歌颂你，
就要取得他们对你的感情。

第四十八篇　论如何对待农民

你看，还有一种人是农民，
他们是十分需要的人。

你要和他们交往，
在生活中就不愁吃的。

农民对一切人都有用，
他们给人们提供吃的喝的。

他们使所有人饿了能吃饱，
活着的人全靠他们。

这种人对你无疑是需要的，
吃饭的事因他们才有保障。

喂，朋友，要和他们交往，
这样你才能享有清洁的食物。

要问为什么，你听，虔诚的人，
诸事考虑周到的人。

你要走正道日子过得平安，
就要饮食清洁，行为正派。

你要成为一个虔诚的人，
就要在饮食和服饰上合乎教规。

你要成为富人不当穷人，
就要努力向上永不做伤风败俗的事。

你要受人尊敬，
就不要参加作乱，行为端正。

作乱会毁掉人的根基，
作乱会毁掉你的好名声。

作乱带走人们的幸福，
作乱燃起叛逆之火。

品行端正的人说得好，
知识才能使人达到目的。

不要参加作乱，要远离它，
作乱只能使人身败名裂。

作乱不能带来幸福，
即使有，它也是过往的旅客。

农民对人不吝啬，
他们生来心地宽厚。

人们活着要吃饭，
牲畜家禽也要吃饲料。

你要和农民交往，
对待他们要和颜悦色。

第四十九篇　论如何对待商人

此外还有商人，
他们从事商业是有用的人。

为谋生他们周游世界，
他们把心智交给了真主。

他们来去时你要接送，
他们在商业上的要求应予满足。

人们的需要靠他们供给，
人民的美丽要赖他们来打扮。

他们从东到西经商，
给你运来你需要的物品。

世界上无数珠宝和珍品，
都可以在他们那里找到。

要是没有商人来往四方，
你怎能穿上黑貂皮的衣裳？

要是中国商队砍倒商队的旗子，
千万种珍宝从何而来？

要是没有商人经商，
谁能看到成串的珍珠？

如果一件件数出他们的用处，
这需要长长的篇章。

商人好处这样多，
就要好好对待他们。

若是好好款待他们，
你的名声也会传四方。

第五十篇　论如何对待牧民

除此之外，还有牧民，
他们是牲畜的主人。

他们是心地诚实的人，
肩上担负着重任。

吃穿、乘骑和战马，
还有驼畜全靠他们供给。

还有马奶酒、毛、油和酸奶疙瘩，
还有使你住房舒适的地毯和毛毡。

他们是一种有用之人，
要亲切地对待他们。

要和他们交往，招待他们，
要使他们安居乐业。

他们需要什么要满足他们的要求。
我知道他们心无奸诈。

不能对他们要求法制和知识，
他们行事有些不受约束。

和他们交往时要小心，
他们粗野不懂法制。

对他们要好言相待，但不能当作朋友，
否则无知的处月[①]人会欺侮你。

法律的制定者说得好，
和人民交往要试一试才知道：

“你不要和无知者太接近，
太接近他们干的事会出乎意料。”

知识能使人做事成功，
这里又是有知识者说得好：

“你要注意不要接近无知者，
这样做的人才能生活幸福。

“你要远离无知者，避开他们，

① 原文作Qigil，应为葛逻禄部的主要氏族之一。

无知者说话行事都粗野。”

牧民也都是这样的人，

你要按照我的话和他们交往。

第五十一篇　论如何对待工匠

还有一种人是工匠，
他们靠手艺谋生。

他们也是你所需要的人，
你接近他们会从中受益。

他们中有铁匠、靴匠还有木匠，
还有油漆工、画师和弓箭匠。

各种工匠种类很多，
这里不必一一历数。

世界的装饰靠他们，
人间的奇迹由他们创造。

你也要和他们交往，
取得他们的爱戴你会生活得愉快。

他们为你做工要及时付给报酬，
还要以丰盛的饭食款待他们。

不要让他们在人民中坏了你的声誉，
不要因他们使你的声名狼藉。

还是智者说得好，
对待人民要慈善和蔼。

不要追求生活，要获取名誉，
人生中重要的是名声。

人死后名声永在，
名声好，生活才有意义。

声名狼藉的人，
还不如死了的好。

人生中美名是资金，
要不作恶，行善使名声永垂。

第五十二篇　论如何对待穷人

此外还有一些穷苦无靠的人，
要向他们施舍行善行。

他们会因此为你祈福，
这对你也是一件好事。

不要想从他们那里得到报偿，
这些真主自会记在账上。

＊　＊　＊

以上是你要正确对待的各种人，
对待他们各有注意的地方。

如能一切按道理行事，
自会得到他们的拥戴。

愿我君享有两个世界的好处，

愿我君名扬四海！

第五十三篇　论娶妻

当你娶妻时，
要注意挑选。

她要良家出身，
本人要端庄清白。

要娶处女，
不要娶已结过婚的人。

她要真心爱你，
没有什么不端的行为。

最好她是比你出身低的姑娘，
否则你会成为富家女子的奴仆。

若问我这为什么，
这是有经验人的介绍：

“娶妻要挑比你出身低的良家姑娘，
这样你生活才过得美满。

“不要挑貌美的，要挑行为端庄的，
只有行为端庄的妻子，才能使你幸福。”

人们娶妻时，
不外四里挑一。

有的要娶有钱人的女子，
有的要娶漂亮的姑娘。

还有的要娶名门小姐，
以她出身高贵引为骄傲。

有的要娶贤淑端庄的姑娘，
这样才合自己的心意。

要问这四者中娶哪种姑娘好，
请听我来告诉你：

你娶富家女子时，
千万记住别当她的奴隶。

你娶貌美的女子，
注意不要为她落得众人嘲笑。

因为人们都喜欢漂亮的女人，
除非真主能将她保护好。

你娶出身名门的小姐，
注意不因她高贵的出身使你变卑贱。

你若是能找到贤淑端庄的女子，
也就等于找到这四种姑娘。

找到这样的姑娘，
我劝你赶快把她娶来！

第五十四篇　论对子女的教育

若你生有子女，
要在家中给予教育。

要请品德好的人当孩子们的家庭教师，
这样儿女才能健康地成长。

要教给儿女知识和礼貌，
这样他们才能成为有用的人。

要给儿子娶妻，给女儿找夫，
啊，有福的人，这样你才能生活得愉快。

要教给儿子以本领，
让他凭本领谋生。

不能放松对儿子的管教，
否则他会成为无赖汉。

女大不能久留家中，
否则你会后悔无穷。

喂，朋友，我要说：
最好不要生女。

妇女要留在家中，
因为她们表里不一。

不要让妇女参加男子的宴会，
否则她们会干出越轨的行为。

不要放妇女到陌生地方去，
否则她们会走入歧途。

妇女的名声重要，要保护好，
名声不好，叫旁人讥笑。

要尊重妇女，满足她们的要求，
但要谨防门户，让男子远离。

多少勇敢的男子，
因为女人葬送了性命。

多少威名远扬的英雄，
毁于女人手中。

第五十五篇　觉醒向贤明论遁世奉神

谁若听了你的话，
就会觉得生活充满希望。

然而那财物是否永存，
请你用智慧将它弄懂。

人们辛苦得来的财富，
却不会长久留存。

在今世为欲望而奔波的人，
将置忏悔祈祷于不顾。

从你到我处以来，
祈祷修行已经放弃。

谁若卷入了红尘，
将带来危害无穷。

我如果进入城市村庄，
我将与人们言谈交往。

我若继续忏悔虔修，
除非紧闭这世俗的大门。

我年轻时早遁世现在衰老，
凭智慧与真主度过此生。

如今若再回到丑恶世界，
这怎能让我心甘情愿?

请听听智者怎样讲，
他说过多少至理名言。

趁着年轻多做好事，
年老时再干你将力不能及。

年轻时及时祈祷真主，
年老时你将力不从心。

这青春多么美丽，
它能带来满园春色。

看啊！这多不公平，
老人做青年事令人厌恶。

今世的财物为生者而存，
生命结束财物一空。

你让我前去侍奉国君，
我也明白如何治国治民。

然而我终将死去，侍奉又有何益，
对我也只剩两块裹尸布而已。

那致力于追求希望者，
追求的无非两件东西。

一个是希望财富增多，
一个是希望世人称颂。

这两件东西虽也美妙，
如果没有死亡才好。

死亡将这两件东西拿去，
这今世对我又有何意义？

我已经超脱了这种种愿望，
信奉唯一的真主是我的寄托。

为人当奴隶就是贪婪，
我早已心满意足。

我的亲人啊，
这就是我想向你说的真话。

谁若是懂得这世界的真情，
他就不愿意走进这世界。

我的青春已经飞逝，
麝香消散，白发苍苍。

死亡无疑已经临近，
有朝一日便要来临。

死亡带走了快乐，
死亡之后又将如何？

我陷入这苦闷忧伤，
又怎能前往君王身旁？

我即使前往国王那里，
我此身对他也毫无利益。

如果他在后世需要我，
愿他想着我已经先去。

真主创造了父与子，
并给他们取了名字。

他们或上天堂或入火狱，
或享富贵或得贫贱。

祈求富贵者路已注定，
贫贱之路，主也早有安排。

真主创造了奴仆，
为之创造了通向善功之途。

如果你能竭诚虔修，
便得进入千万善功之门。

如今我已尽我所知，
将它倾诉于你。

你们需要的是我有益的言语，
这言语比我本身更为有益。

为后世修行即循此道，
你通晓为今世修行的道理。

真主创造了天体，赐予了幸福，
请相信，你向往之事也会降临。

除了这些言语，
再无其他东西对你们有益。

愿君王让我侍奉真主，
我将在祷告中为君王祝福。

你曾问到的知识，
我已尽我所知告诉你。

请将我的话铭记，
今日离去，明日又来。

智者啊，这是精辟的话，
能实现它的人，将幸福无涯。

我的话今天有益于你，
明天更会对你有利。

我但愿你不要厌倦，
将它铭记并努力实现。

君王若识我的见解，
愿它拣喜爱的作为良药。

你来往尝尽辛劳，
愿真主赐福如阳光照耀。

啊，亲人，请你不要介意，
不要见外，你是我的至亲。

（贤明答觉醒）

贤明回答说：
如今我通晓了公正之道。

我用智慧聆听了你的话语，
这使我反复思虑。

你的话诚实可信，
并无半点虚伪。

你的话真实，我的话如游戏，
让游戏走开，我愿向真实屈膝。

我将辞别你，愿你平安，
这两个世界美好非凡。

愿真主赐你以力量，
愿你祈祷中别将我遗忘。

愿真主给我帮助，
让我能觉醒领悟。

*　*　*

他说完后站起了身，

施礼告别启程回家。

他骑马飞驰到家，

进屋后稍事休息。

用膳后他独自想了很久，

那些话使他陷入了沉思。

太阳从东方露出地面，

先把它深红的标志向大地展现。

贤明起床先做净身，

然后去诵读晨课。

太阳升起把大地染红一片，

他起身径直走向宫殿。

国王请他走进，

他恭顺地向国王施礼。

（国王问贤明）

过了半晌国王问：
请你把事情说明。

你的亲戚怎么说，
他是否前来接受邀请？

（贤明答国王）

贤明一一做了回答，
他讲述了经过原委。

他将他两人间的对话，
全部禀告了国王。

* * *

国王沉思默想了许久，
不禁伤心落下眼泪。

（国王问贤明）

国王又向贤明说：
我的心愿是得到他的支援。

因为他会使我达到善功，
让我生活得心地安宁。

看来他不愿来到此地，
也不愿来和亲友会面。

他的话句句真诚坦白，
过于勉强他也有所不便。

多劳你备受辛苦，
往返奔波多费唇舌。

如今让我们再等一等，
等到那最后时刻。

在漫漫的长夜后，
将会有太阳照亮四方。

这时代平淡无奇，
既有利又有弊。

一切万物归真主主宰，
顺利有待时机到来。

那甘露一时求而不得，
理应暂时放弃。

今世啊，你追求它，它向前奔驰，
你放走它，它却让路给你。

让我们再等候一个时期，
等候那最后到来的时机。

当他一旦悟到这其中道理，
或者会自愿前来。

* * *

国王说到这里把话截断，
贤明轻悄悄地退出房间。

第五十六篇　日出国王第三次召见觉醒

过了若干时光，
一天国王召见贤明商量。

你的亲戚没有听从我的召唤，
我的愿望未能实现。

我驱走了幻想，
现在又出现了另一个希望。

今天我有这样的要求，
我想亲眼见他一面。

或者他来这里拜访，
否则我前去与他会见。

我愿能和他畅叙一番，
再让他回返，随他所愿。

这对他无损对我有益，
久惑之事或当一朝清晰。

（贤明答国王）

君王如有这种想望，
请您再把诏令下达。

我愿前去请他来访，
君王您不必前往。

请王再赐诏书一封，
让他拜读后立即动身。

（国王答贤明）

如今何必再写书信，
再全的信怎能比你本人。

我无须再将话写在信上，
你自己去比信更强。

希望他速去速归，

我绝不强做挽留。

为此我派你前去，
愿你再次婉言相劝。

如果他不能前来，
我亲自前去见他一面。

*　　*　　*

贤明带着侍童骑上马，
满面笑容又启程。

到达亲戚家附近，
他下马步行走近门。

他用手轻轻叩门，
亲人立即出迎。

（觉醒问贤明）

他看见贤明问道：
亲人啊，你怎又来到？

你为什么不辞辛苦又前来？
你找我又有什么事情？

两人走进了屋，
隐士皱起了眉。

(贤明答觉醒)

亲人啊，请听我说，
望你不要皱眉。

你所讲的全部话语，
我已一一禀告国君。

君王听了我的陈述，
他做了仔细的考虑。

如今他已经放弃原来主张，
然而又提出另一要求。

他派我来向你说，
希望你不再推托。

一切事情都有界限，
望你思量别走极端。

凡事不要过头，
过头招致烦恼。

事事莫不如此，
不过头诸事平安。

国君已放弃原先的渴望，
如今想只召请你做一次拜访。

你去拜谒或者他来会见，
这胸怀宽阔的人想见你一面。

这将无害于你啊，亲人，
铁石心肠也会答应。

国君是个好素丹，
对穷人粗人都爱怜。

（觉醒答贤明）

觉醒回答说：
你这话合乎人情。

穆斯林本是一家亲，
走访亲友心相通。

你的话使我心服，
我今天就出访启程。

以前我不肯前去，
是国王总想从我这里受益。

如今他已改变主意，
我服从他公平的道理。

让我前去拜谒，
何劳国君辛苦。

国君是一国之君，
天下百姓都尊敬。

我遵照圣谕，
就去谒见国王。

请你先去禀告，
我将随后就到。

（贤明答觉醒）

贤明欢喜地回答：
这真是无比美妙。

我立刻禀告国君，
他定会格外欢欣。

请你随后来畅谈，

久盼的时刻将来临。

第五十七篇　觉醒来到贤明处

觉醒悄悄来到，
贤明正等待着迎接。

两个亲人敬礼问候，
然后携手走进了房门。

贤明先用饮食款待客人，
然后派人禀告国君。

国君立即下诏，
让他们一同拜谒。

第五十八篇　日出国王与觉醒会见

他二人前去朝见国君，
国君看见他们起身相迎。

国君见到隐士，
首先向他问候。

国君满面笑容，
紧握隐士的手问候。

他对隐士亲切又尊重，
让隐士靠他坐近。

又问道：觉醒啊，
这一路你可曾尝到旅途艰辛？

（觉醒答国王）

觉醒答：如今见了您，
我把辛苦全然忘记。

见到您如久旱逢甘雨，
辛苦怎能不飞去。

人若为了盼望奔跑，
达到了愿望就不会疲劳。

心里的愿望使远变近，
使那盼望迅速找到。

怀着愿望走路不觉远，
盼望使他快快达到。

没有盼望去走路，
就在眼前也觉得遥遥。

我带着愿望来拜见君王，
辛苦疲劳全消散光。

（国王问觉醒）

国王说：我首先问你话，
请你向我回答。

你既然情愿来这里，
请问这是怎么回事？

你明知见面行礼是首要的礼貌，
谁该先打开这条道。

你看见我而不施礼，
你为什么不注重礼貌？

（觉醒答国王）

觉醒说：我没先施礼，
这是我自己的主意。

施礼遵守礼节之道，
见面行礼是礼节之基。

施礼者向人问安，
祈愿真主赐予平安。

长者向小辈首先施礼，
一切事得以顺利。

小辈若听顺长辈的话，
问安带来幸福安宁。

我怎能给国王带来恶事，
小辈怎能有损于长辈？

国王您的手伸及万民，
您能达到一切目的。

我没有先向国王施礼，
这含义想智者明晰。

您早已下诏令我前来奉侍，
您曾一再召唤我多次。

我未能遵从您的意志，
未能听信这欺人的今世。

如今您放弃了原先的圣诏，
又诏我前来拜访。

拜见您我正心有余悸，
您却向我施礼。

您又首先向我问话，
更加深了我的惧怕。

这一切您已明鉴，
愿得到您加倍的恩典。

（国王答觉醒）

啊，你的行为能染出美丽的色彩，
就好像那美好的染料。

你有自知之明，
是人民中的善人。

你的话能洗净心与自身，
我愿你留下劝诫的语言。

行善功者开诚布公，
你的劝诫应肝胆相照。

真主赐你以善行，
愿你将善路为我指明。

今天善人向我劝诫，
明天真主将向你赐福。

第五十九篇　觉醒向国王留言

觉醒答：国王啊，
愿真主赐您得一切祈愿。

这不幸的今世奔走不息，
多少君王衰老而您未老。

多少君王如您一样度过欢乐，
您也终会匆忙度过。

世界已将您久留，
它又怎能有力量让您不走。

如今您享有王位，
这王位不会长存。

死亡没有放过您的父母，
时辰一到它也不会将您放过。

今世曾让他们饱尝辛酸，
对您却施以恩典。

您应将财富用于所需，
对己节俭对人加倍施舍。

您肩负万民的重担，
愿您深谋远虑。

一旦您身旁有恶狼群集，
望您善自珍重。

假如您国内有人受饥寒，
真主定教您关怀照看。

您如明灯高照，
这光芒应向众人照耀。

当您寿龄已满生命告终，
旁人对您将没有益处。

您莫为旁人自投火网，
别让火焰烧毁您自身。

一切高贵伟大的国君，
终不免进入死亡之门。

愿您以公正执法，
您将在王位上常坐。

智者带来奇妙的知识，
愿您将智者之言实行。

您若愿王位坚如磐石，
您应以公正实行法制。

您若想统治一个世界，
您必须坚持公正。

君主啊，您不要贪心，
这世界不忠，财富无情。

今世的幸福不可信，
请看它行止飘忽不定。

国王啊，您面前的宝座皇宫，
无非是一场幻梦。

有人曾在宫中走过，
有人曾在梦中欢度。

今日您已得宝座，
一旦您会将它抛弃。

今天您面前的宫廷，
将随您一同消逝。

今世的君王啊，今世如黑夜，
在漫漫黑夜中怎能清醒前行。

您不要祈求在长夜中尽享欢乐，
那欢乐愉悦存在于天堂之中。

不要抓住那有限的幸福，
不要追求那要离去的欢乐。

这财富将要逃走，
那钱财全将四散。

* * *

他说完起身告辞，
国王留他少坐。

主人摆上种种珍肴美食，
请觉醒品尝食用。

觉醒稍尝一点便谢绝，
诵经感谢真主。

觉醒起立向国王道谢，

国王起身答礼。

觉醒告辞走出门，

国王前去相送。

他与国王握手告别互祝平安，

国王异常悲痛。

第六十篇　贤明向国王论治理国家

你对属民有三项责任，
完成这些责任免得人民对你怨恨。

一要在国中保持银子的质量，
时刻注意它的成色。

二对人民要有公正的法律，
并要切实执行。

三要保护商道的安全，
肃清一切盗贼。

待你尽到对属民的责任，
以后才能要求你的权利。

关于属民对你的三项义务，
你听，我来告诉你。

一是尊重你的命令，

无论如何要迅速执行。

二是不得拒绝缴纳租税，

都得按时完成。

三是把你的敌人仇恨，

爱你喜欢的人。

第六十一篇　贤明叹息一生碌碌无为

贤明这样尽心于国务，
但有一种无名忧愁涌向心头。

他想自己日渐失去青春的活力，
岁月的皱纹已积满额头。

他叹息自己的青春逝去，
为未来的日月十分发愁。

霜雪已偷偷爬上自己的鬓角，
胡须也已变成灰白。

三十二颗白如珍珠的牙齿，
已像断线的珠子一样脱落。

炯炯发光的双目，
现在也已模糊不清。

自己终有一天要回到真主那里，
为此他为自己的罪过暗暗哭泣。

他忏悔自己的过去，
打算向真主乞求原谅。

为此首先要找个人商量商量，
好把事情办得妥当。

遇事需要找人商量，
免得事后悔恨莫及。

他说，让我到自己的亲人那里去，
请他们给自己出出主意。

俗话说当局者迷，
还是听听别人说的道理。

*　　*　　*

第二天他起身漱洗完毕，
就骑上马来到国王那里。

来到了宫中见到了国王，
国王赐座让他坐下。

（贤明问国王）

今天有事来见陛下，
我想到自己的族人那里走一趟。

如果陛下降恩准许，
我打算去去就返回。

（国王答贤明）

国王说：可以可以，
并代我向你的族人致意。

请他不要忘记为我祈祷，
愿真主赦免我的罪过。

*　*　*

贤明辞别国王走出宫廷，
高兴地回到自己的家中。

这时天已黄昏，
飞鸟也都归林。

做完乃玛孜后他躺在床上，
不知不觉地睡去。

夜半他突然惊醒，
无端的愁思又涌上了心中。

从此他再未合眼，
辗转反侧不能入眠。

这时晨曦偷偷爬上了窗，
花园里鸟儿已歌唱。

不久太阳从东方冉冉升起，
它的光明重又铺满了大地。

宇宙又开了笑颜，
并给人们驱走了黑暗。

贤明起床漱洗完毕，
骑上马慢慢向山中奔去。

到达后他轻轻叩门，
觉醒见到贤明到来十分高兴。

亲人见面互道平安，
双双携手走进房中。

（觉醒问贤明）

觉醒说：兄弟，欢迎你的到来，
否则不久我也打算去看你。

这次你来为何郁郁不乐？
身体又为什么如此瘦弱？

莫非遇到什么痛苦的事？
请不要隐瞒快快对我说！

（贤明答觉醒）

贤明答道：唉，亲人，你听我说，
我已中了岁月的暗箭内心受了创伤。

随着岁月的流逝，
我也心灰意冷。

我虽冷静地再三忖度，
似乎自己迷失了路途。

生命已到了尽头，包袱沉重，
为了洗刷自己的罪孽我想另辟蹊径。

为了尽职于人间，
我曾怠慢了真主。

因奔波于生活，
我荒废了日课。

日子已飞快地逝去，
我不知道明天自己将如何？

岁月已使我的脸上堆满了皱纹，
两鬓也不由染上了霜雪。

智者曾对我这样教导：
“人们要未雨绸缪。”

唉，我的青春已白白过去，
但愿留住这未来的日子。

我为了生活曾到处奔波，
也曾因此得罪了人们。

为了追求生活的享受，
从未考虑将来的结果。

我愚蠢地怠慢了真主，
自己身上已积满了罪过。

如今追悔莫及，
但愿真主原谅我。

亲人，今天我来找你商量，
请一定给我指出未来的方向。

第六十二篇　觉醒向贤明进言

觉醒回答道：兄弟，莫着急，
请你慢慢听我道来。

你的一片心意十分好，
愿真主时刻保佑你。

亲人的意见你可以考虑，
如合适你应该接受。

我意你在那边尽职国事比较好，
我在这里修行也应该。

你为国家服务造福多，
人民生活在幸福中。

如今天下太平国事正，
人民衷心感谢你。

好人掌权人民得幸福，
坏人当道国家遭难。

好人终有善报，
你的事业人民不会忘记。

如今法制公正，国家太平，
国王和人民都对你十分尊敬。

你若遁世来到这里，
国事不正，你将后悔莫及。

如若坏人占据了你的位置，
百姓遭难，国家也要陷入混乱。

那时你将如何面对真主，
所以劝你要慎重思量。

我的情况和你不同，
兄弟，这一点你要听明。

我生来命运多舛，
功名利禄我已撇开。

我不善于和人相处，
更不知如何侍奉君主。

人间的一切与我无缘，
我已看破了红尘。

这里用得上一句萨尔特人[①]的话，
你听它是怎样说的：

“穷人一旦变富，
随之也就离开了正路。

“无福之人一旦获得幸福，
品德败坏，也给国家带来灾难。”

你要继续效力国家，
努力忠诚侍奉君主。

这一些都是真主的安排，
我们只有宽心看开。

① 原文作sart，此词为游牧突厥人用来指称定居的农业民族。有时表示“商人”之意。

第六十三篇　论知恩报恩

还有一事忘记说，
你听我来对你讲。

法制执行国家昌，
做人要有一定的标准。

为人还要以恩报恩，
别人对你　分好，你要以十分报。

只因国王对你好，
你才得身居高位。

他对你恩义这般重，
你应知恩感戴。

我说话直来直去，

愿你不要生气。

俗话说良药苦口，
我的话对你只有好处。

你未成年时父亲死去。
是国王教养了你。

只因国王的关怀，
你才得有今天的境遇。

如今你要远离国王，
这叫他如何设想。

现在正是感恩图报之时，
你怎能离开国王远去。

知恩图报受人尊敬，
忘恩负义是小人。

你应不负国王对你的信任，
要恪尽职责永远前进。

知恩报恩是做人的品德，
真主也会保佑这样的人。

愿你打消厌世的念头，
努力分担国王的忧愁。

愿国王的王座安稳，
四方敌人吻地恭顺。

（贤明答觉醒）

贤明听后心中豁然一亮，
心中的阴郁一扫而光。

他说：亲人，你说得有理，
你解开了我心中的郁积。

我已放弃先前的念头，
愿真主给我保佑。

愿你祈祷时不要忘记我，
愿真主能给我帮助。

*　*　*

他们告别时互道了保重，
贤明上马回到了家中。

从此贤明日夜致力于工作，
常常忘记了用餐和休息。

海内升平，人民平安，
国王越发把贤明夸赞。

第六十四篇　觉醒染病和约请贤明

一天夜晚，
贤明已躺下。

忽听得门外大声召唤，
他立即派人前去探听。

（侍童答贤明）

侍童探问回来说：
有仆人找您有话讲。

（贤明答侍童）

你去问是谁，
有什么话要讲？

（侍童问仆人）

侍童出来问来人：
你从哪里来？有什么事？

（仆人答侍童）

来人说：觉醒派我来，
他说想见亲人。

（侍童答贤明）

侍童禀告说：
您的亲戚派来一个人。

（贤明问仆人）

贤明立即起身接见，
仆人进门向贤明施礼。

贤明问：谁派你来这里？
有什么事相告？

（仆人答贤明）

觉醒派我来，
请您去和他会面。

他患病卧床情不安，
思念亲人想见一面。

（贤明答仆人）

贤明答：来吧，你先吃一点，
我们一同前去和他见面。

（仆人答贤明）

仆人推辞说：您亲人情况不好，
看来不宜拖延。

我必须走在前头，
请您随后慢走。

* * *

贤明从门外匆忙走进，
不知所措轻搓手心。

他走进屋里无限悲伤，
欢乐飞走愁思满肠。

他轻轻地闭上眼睛，
却丝毫没有睡意。

他又起来独坐，
盼望那姗姗来迟的黎明。

* * *

天亮后他骑马飞驰到亲人的家，
进门亲吻了亲人的脸。

他看见亲人躺在病榻，
和衣而卧衣袖拖在地下。

（贤明问觉醒）

亲人啊，你怎么了？
看到你我如万箭穿心。

（觉醒答贤明）

啊，亲人，我的路已经注定。
死亡正拉我前行。

我想亲眼见见你，
累你受了辛苦。

（贤明答觉醒）

贤明答：生命是活的，
人活着难免生病。

请不要胡思乱想，
疾病能将罪过洗清。

人多少都犯过罪行，
世上哪有无罪的人？

愿主赐使你痊愈，
罪过也由此洗净。

你为什么出语不祥，
为何想到死亡？

（觉醒答贤明）

觉醒将原因告诉他：
真主在梦里已向我说明。

我梦见死亡之门向我开着，

死亡注定我自己明白。

（贤明答觉醒）

贤明回答说：我的亲人啊，
你的话欠妥。

如果病人都要死亡，
地上的活人岂不死光？

活人自然会生病，
病人却不会都死亡。

人睡觉都会做梦，
圆梦者却会解梦。

第六十五篇　贤明向觉醒论圆梦

应当先通晓圆梦的学问，
然后才能去圆梦。

圆梦者解梦各有不同，
唯智者能融会贯通。

勿向无知者说梦，
向知梦者讲梦别在夜间。

做了梦不要含含糊糊地圆解，
别人解梦时你先倾听。

梦中如有忧思就意味着快乐，
梦中如有欢乐就意味着悲伤。

对梦的解释各家不一，
请你自己思量仔细。

王官的梦和平民百姓的梦不同，
圆梦时自然两样。

梦中见到欢乐、游玩或舞蹈，
就将遇到忧伤和烦恼。

梦中见到忧思哭泣，
将有不尽的欢乐欣喜。

这就是圆梦的方法，
你的圆梦法却与此不同。

请你将梦讲给我听，
让我来重新为你圆梦。

第六十六篇　觉醒向贤明说梦

觉醒开口道：我将对你讲，
请你细听记在心上。

我看见一座楼梯有五十层，
高而平坦面前迎。

我登上几级心揣测，
顶端高有多少层？

上面一个骑士送水来，
我一饮而尽心神爽快。

然后我又飞向天空，
自己升去无影无踪。

第六十七篇　贤明给觉醒解梦

贤明答：你这梦是好梦，
好意极多，益处无穷。

高贵的人啊！怎能如此解释，
为什么你自己竟误解不懂？

梦见攀登将得尊重，
犹如上高处得到高升。

梦中爬得高，表示福禄增长，
脸上接触了水，意味着受尊重。

幸福将像上阶梯般增长，
名望将为世人永远不忘。

你将送来的水一饮而尽，

意味你根基深寿命绵长。

你爬高飞上天空，
你的愿望将有真主赐给。

第六十八篇　觉醒对梦做另外的解释

觉醒回答说：亲人啊，
你对我梦的解释不妥当。

如果你做此梦，
这样解释可以说通。

你所行善功遍及今世，
你求者今世定可求得。

我已避世在此隐遁，
饱尝了苦难重重。

我的梦与你不同，
请你细听分明。

我看见有高高的阶梯，
这是指生命的含义。

我在阶梯顶端忽而失踪，
意味着年龄已尽，生命告终。

我爬上去有骑士来，
他送水给我喝。

那骑士的意思是：
使有父亲的人失去父亲。

那骑士所做的行为，
意味着破坏了生命。

我将杯中的水一饮而尽，
意味着生命之年已告终。

如果水喝一半留下一半，
如你所说尚有生命绵延。

我高飞直上青天，
忽而又消失不见。

这洁净灵魂从躯壳中飞走，
将不会重返地面。

真主在梦中向我启示：
准备好吧，死期将至。

我没有积钱财，没向它伸手，
我没有贪心，没有欲望追求。

今天我考虑自己的负担，
我愿将此生罪过减轻。

请听听智者的话吧，
这些话是肺腑忠言：

要努力把罪过减轻，
你的路像头发般细窄，你要小心。

今天请做自己事，勿陷入痛苦，
当你离世时痛苦自会消除。

我的亲人啊，
当我离去后，你将随后而来。

我有几句话要向你讲，
请你牢记心上。

当我活着时，
将这身后之话留给你。

第六十九篇　觉醒给贤明留言

愿你在忠诚之路上不要迷失方向，
这路能带你走向你追求的理想。

对一切生物怀以怜悯之心，
对真主要心口如一地信奉。

思虑要少，侍奉要多，
莫慌张、要文静，莫暴躁、要温和。

做你的事吧，别忘记死亡，
别忘乎所以，要懂得事物的根源。

别为贪婪而诋毁这世界，
它将留下，而你将忧郁离去。

一切接受真主的旨意，
对黎民要及时给予利益。

说真话诚实可信，
说假话最为愚蠢。

你如有笑脸、热情的话和良好品行，
你的未来将有幸运。

对人要慷慨招待，
不要揭露别人短处。

假如欲火在你胸中燃烧，
要抑制它，别让肉身走入邪道。

别考虑私利，多为黎民着想，
勿让别人背重担，应挑在自己肩上。

你所有的钱财，应作为赎身的献品，
那时你将博得庶民的爱戴赞誉。

我将死去，悲伤使泪河奔流，
死亡使香甜变成淡而无味。

死亡后去路有两条，
我又将走哪条道？

啊，我的亲人，控制自己吧，
别为我难过悲伤。

我走后你不要悲哀哭泣，
让心在祈祷中求得宁静。

请不要再哭吧，别悲伤，
是真主安排我死亡。

回去吧，回家去吧!
不要再忧伤抑郁。

我已讲完必要的话语，
希望你牢记。

请向国王转致我的敬意，
这将是我最后的敬礼。

* * *

贤明挨过了数日，
悲痛一直萦绕心间。

他为亲人伤心，
变得面黄肌瘦。

一日他不能忍受，
又想去看望亲人。

他站起身来往外走，
到国王面前去请求。

（贤明问国王）

国王啊，向您请求，
准我今天去看亲人。

我急于知道他的情况，
看看他是否仍在人间。

（国王答贤明）

国王说：你前去很妥当，
亲人本应休戚相关。

他病情如何令人着急，
你前去看望，代我安慰致意。

贤明起身出了宫门，
稍事休息即动身。

到达近处他下马步行，
敲门后有人答应。

第七十篇　胡马鲁向贤明报告觉醒去世

觉醒的弟子胡马鲁走出来，
他施见面礼泪水满面。

他说：亲人啊！
愿真主赐福，请您不要伤心。

您的亲人离开了人世，
愿您长寿，健康平安。

请您别痛苦悲伤，
活着的人终将死亡。

有生必有死，亲爱的生命会离去，
无论是君王还是奴隶。

死亡会等待我们，

谁也无法制止。

第七十一篇　胡马鲁慰问贤明

胡马鲁安慰说：贤明您不要难过，
真主的安排只得服从。

众人最后都有一死，
有一天死亡之神也会光临我们。

您何必为此悲伤，
要保重身体切莫断肠。

真主给了你生命，
如今又把它收回。

人死不能复生，
这对你我全都一样。

朋友，请您收起泪珠，
让我们一同去看他的坟墓。

第七十二篇　贤明哀悼觉醒

他们来到觉醒埋葬的地方，
贤明扑倒在坟上哭断了肠。

他边哭边说道：啊，亲人你永远离开了我，
我也不愿留下，愿我跟你一块到那边。

我今天专门来看你，
你为什么要藏起？

啊，我最亲爱的族人，
没有你，我活着还有什么意义？

我在睡梦中也忘记不了你，
醒来时发现你已离我远去。[1]

① 下面缺文。据上下文，应缺贤明悼念词的后一部分，与觉醒徒弟之间的对话，听取觉醒的遗言，收取觉醒留下的一钵和一手杖以及国王获知觉醒遗言内容等。

第七十三篇　国王安慰贤明

国王听到觉醒逝世的消息，
心中也感到十分悲戚。

国王说：贤明你不要难过，
要衷心为他的亡灵祈祷。

愿真主保佑觉醒，
赦免他的一切罪行。

过分悲伤无济于事，
还得以理智控制自己。

真主的决定人们不能违背，
还是以你的行动弥补这一损失。

国王询问觉醒染病的原因，

又问了他死去的详情。

贤明把情况禀告了国王，
又谈到觉醒留下的遗物。

他起身拿来了托钵和手杖，
双手捧献给国王。

说这是觉醒留下的遗物，
我已把它带到这里。

愿国王选取两个中的一个，
愿您因它永远幸福。

国王伸手拿了手杖，
要用它留作纪念。

并对贤明说：你可把托钵留下，
见此钵如同见他本人。

贤明双手接过托钵，
又泪如泉涌悲从中来。

国王多方把贤明安慰，
然后才慢步回到宫中。

贤明悲伤地过了几天，
不久就恢复了平静。

他又照常处理国务，
往往忘记了吃饭和睡眠。

补　篇

第七十四篇　哀叹青春的逝去和老年的到来

我放走了行云般的青春，
我结束了疾风般的生活。

唉，青春呀，青春，
我未能抓住你，让你逃去。

青春，倘若你现在回到我的手中，
我将把你紧握手心，像绸缎一样铺在身下。

喂，青春，如今你在何处？
我虽多方寻找，总不见你的踪影。

你是生活的乐趣，生命的甘露，
世上再无如青春这样美好的东西。

而今我虽年迈但问心无愧，
但我惋惜年华的虚度。

我像玫瑰般的面庞已消失，
如今如秋天的树叶一样枯黄。

我乌黑的头发布满霜雪，
圆如满月的面庞今在何方？

我曾像白桦般笔直的腰身，
现在弯曲如弓。

我虚度了年华，
如今泪流满面地悔恨。

我曾架鹰出猎进行娱乐，
我也曾跨骏马疾驰如流星。

我曾是我朋友的宠儿，
我也曾使敌人胆战心惊。

我曾因战胜敌人而踌躇满志，
也曾像岩石一样傲然直立。

我曾忙于公务怠慢了真主，
也曾为世事而到处奔波。

我曾怀抱理想各处奔走，
惹得俗人像狼一样对我嗥叫。

我也曾使用强力、金钱使役过人们。
使一些人难过，得罪了他们。

有人会说这是多么愚蠢的行为，
而我则回答说：自己问心无愧。

我曾要像凯斯拉①和恺撒那样行事，
也曾想如哈达德②和阿德③人那样建设天堂。

我自己曾要像海达尔④那样威严，
也曾像鲁斯坦木⑤那样誉满四方。

我曾如哈龙⑥那样富有，
也曾像阿斯哈比莱斯那样建造铁城。

但所有这些在彼世又有何用处？
我死后能带走的只是两块缠尸布。

① 指波斯萨珊朝库思老（Khosrau）大帝。
② 为阿拉伯部落名。
③ 同上。
④ 阿拉伯语意为“狮子”，阿里的称号。
⑤ 波斯菲尔多西（尤素甫同时的代人）《王书》中的英雄（勇敢的象征）之一。
⑥ 传说中东方之富翁。

我光着身子而来还要光着身子入土，
我为什么在世上要如此热衷功名？

世界有如田野上吹过的风，
我也在世上受过欺凌。

我的善行为生活带来了什么好处？
哪里是我一生播过种的地方？

我播种什么，就应收获什么，
我收获什么，就给自己酿造什么。

我既已送走了青春，迎来了老年，
又何苦白费唇舌让它回来。

漫漫长夜里，向真主不断祈祷，
要为自己的罪过忏悔哭泣。

而今我成了自己喂毒蛇、恶虫的牺牲品，
早知如此我为何要养育它们。

喂，沉睡的人们，你们要醒醒，
你们要向真主膜拜，否则后悔莫及。

啊，我的真主，请你唤醒我，
请你不要赶开我，我将一颗赤心捧上。

第七十五篇　论世风的败坏和友人的无信

我在这世上奔走，
希望得到忠实的朋友。

可是这世上忠实朋友太少，
我各处寻也未见到。

这世上无义多忠实少，
但愿能把一点忠实找到。

如能找到一位忠实的好人，
我愿把担子让他担上。

找不到这样忠实的人，
我将远避荒山像只野山羊一样。

那时让野草根做我的食粮，
粗麻布做我的衣裳。

真主，我遇到的是不义和悲伤，
谁是忠义之人让我把生命献上。

这世上我未碰见忠义的人，
为什么要把我的心同这无信的人联上。

我曾把他珍视为自己的眼睛，
而他却像魔鬼一样把我当作敌人。

我曾爱他如自己的生命，
而到头来只落得一腔悲伤。

语言本是人心的证明，
如今的人心口不一又有何用。

这里谁是我的朋友，
谁的友谊能保持得长久。

我心中的痛苦多又多，
但又向谁来诉说。

我在朋友那里从未找到希望，
他们带给我的只是悲伤。

他们也曾信誓旦旦，
如今早把誓言忘光。

我曾待他们有如贵宾，
而今则视我像过路人。

人们为何如此不义，
我所在的地方又是哪里？

我又为何对此不能忘情，
现在絮叨这些又有何用？

我心中悒悒没有欢乐，
有如喝了一剂苦药。

公正法制已不存，
我把它到何处去找寻。

世界既待我如此无情，
我也将远离尘世和人间。

我看破了这过眼烟云的功名，
让我隐世埋名于他乡。

啊，真主，愿我能常见先知的面容，
并愿他的四同伴给我帮助！

第七十六篇　书的作者侍从官尤素甫给自己留言

有知识者像水一样对大家有用，
愚昧无知识者对谁也无用。

不论有多少知识都不能满足，
只有有知识者才能达到目的。

知识好比无边的海洋，
无人能知大海的水量。

这突厥语好比难驯的野山羊，
我好不容易才慢慢使它们就范。

我写此书付出了巨大辛劳，
其中的艰苦又有谁知道。

为了选取恰当的语词我反复思考，
一旦找到它就如香花散发出芳香。

但愿读者不感到枯燥，
否则我应该公开检讨。

（回历）四百六十二年[1]，
我用全身心完成了此书。

我字斟句酌，
一共用了十八个月。

喂，尤素甫，说话要恰到好处，
你要收起其他不必要的话。

话多了必然无味，
啰唆会招人讨厌。

对这世界不必太相信，
我们要时刻向真主祈祷。

叱咤一时的英雄何在？
他们也抗拒不了死神的召唤。

我青春的年华已经虚度，

① 即公元 1069—1070 年。

我悔恨自己即将结束的生命。

人生一世总不免死亡，
积攒的财物最后还归他人。

我祈求真主保佑，
愿真主把我从迷梦中唤醒！

图书在版编目（CIP）数据

福乐智慧 / 尤素甫·哈斯·哈吉甫著；耿世民，魏萃一译. -- 北京：华文出版社，2018.5

ISBN 978-7-5075-4912-6

Ⅰ. ①福… Ⅱ. ①尤… ②耿… ③魏… Ⅲ. ①维吾尔族 – 古典诗歌 – 中国 Ⅳ. ①I222.7

中国版本图书馆CIP数据核字（2018）第099982号

福乐智慧

作　　者：尤素甫·哈斯·哈吉甫
译　　者：耿世民　魏萃一
策　　划：杨　平
责任编辑：张明华
特邀编辑：王　芳
出版发行：華文出版社
社　　址：北京市西城区广外大街305号8区2号楼
邮政编码：100055
网　　址：http://www.hwcbs.com.cn
电子信箱：silkroadlibrary@qq.com
电　　话：总编室 010-58336239　发行部 010 58336267
　　　　　责任编辑 010-63421256
经　　销：新华书店
印　　刷：北京画中画印刷有限公司
开　　本：710 × 1000　1/16
印　　张：20.5
字　　数：250 千字
版　　次：2018 年 6 月第 1 版
印　　次：2018 年 6 月第 1 次印刷
标准书号：ISBN 978-7-5075-4912-6
定　　价：48.00 元